We read the world

走出我房间

單 讀
One-way Street
36

OUTSIDE
A ROOM
OF MY OWN

出品人	许知远　于威　张帆
主编	吴琦
编辑总监	罗丹妮
编辑	何珊珊　刘会
英文编辑	Allen Young
设计装帧	李政坷
荣誉出版人	宴知意　管力　Shining 吴凡　李佳羽　钟平 昕骐　崔晓 Genie　MaSan Sunnie Zhang

感谢 ELLE 津梁工作室对本辑《单读》的支持

勇气望着你

有个关于被我爸痛揍的故事从小学开始我就一直记得，但不好意思说，久而久之它慢慢开始幻化，像是溶洞里的石头自行溶解，连我都怀疑，它是否真正发生过。

成年以后，反而是"打人者"屡次重提这段往事——可能是案件过了追诉期，可以脱敏成为家庭生活的内部素材，我也并不觉得需要和解，创伤的记忆能够得到确认并继续保有，比其他亡羊补牢的措施更有价值。

故事大概是这样的：某个暑假的一天，我跟着邻居家一个相熟的姐姐出去玩，平常她总带我，所以家长们放心。可是那天走得很远，一路走到本地的钢铁厂，到了工厂的水池旁边。我们在那里逗留了很久，玩了什么也记不清了，唯独沿着水池的狭窄边缘走啊走的画面一直印在脑子里。不知是儿时对危险全无知觉，还是隐隐被可能的危险吸引着，时间好像就这样消磨掉，以至过了饭点，天都快黑了。家长们开始着急，四处寻人，找到之后气急败坏便是一顿揍。我从小表面上就比较听话，很少挨批评，有点叛逆都在心里。当时也不觉得这是大错，便一直犟嘴，于是我爸仿佛决心抓紧这个来之不易的教训人的机会，越揍越来劲，直接上升到动用皮带的程度，一次性把电视剧里的桥段都演个遍。最后是我妈奋力解围，而我以"绝食"继续抗议，哭得声嘶力竭。

事情过去太久，当时的委屈已经所剩不多，但是那幅贸然走到池边的画面凸显起来，成为记忆筛选出的关键一幕。一个循规蹈矩、还不完全懂事的小孩子，跑去外面瞎逛的时候，心里到底在想些什么？如果必然感到恐惧的话，又是什么在克服它？做这样的险事是有意识还是下意识的，他想要换得什么呢？

今天的我，没有更好的办法复原当时的情境，隐约的感受越是强烈，越是难以清晰地抓住它。自我回溯的困难就在于，它总是被后见之明所绑缚，进而被粉饰被扭曲。鲍曼就曾警告，"带着后见之明来重建选择的原因和动机有这样的危险，即把流动的说成是结构框定的，说发生的一切是逻辑的——甚至是前定的——使然"。尤其在人成年以后，获得了更多经验和新的知识，童年的故事因为久远而难以考证，便被喂养成一只变色龙，可以根据不同的场合随时变换主题，甚至越是私人的记忆，就越容易被挪用被改写。

安妮·埃尔诺所说的"重写本"（palimpseste），即是对这种状态的承认，并且想通过文学来把握它。她认为记忆和现实同时存在，人在一生中不同阶段的经验堆积在一起，彼此重叠、摩擦，发生化学反应。她的写作就是通过对记忆的反复重写，比照出此刻与往昔的印痕，然后刻画下来，塑出形状，类似复杂的考古工程。她说，"经历当下的时刻如同是在经历过去"，所以她总在事情过去很久之后开始反刍早年的经验，再以此来重新认识经验本身。

这样的往复，比起笔直的回路，也许更加符合人的弹性。回忆昔日的一件小事，可以不是为了辩解或者报复，不是寻求单一的因果关系，不是想要印证或者反证什么，而是很大程度上开始领会——最清晰准确的认识，就散落在经年累月沉积的隐蔽、模糊和交错之中。我们很可能就是这样在本质上并不连续的链条上度过了连续的一生。

尽管很难达成一种整体的解释，但记忆的火花、性格的碎片，如同陨石向地球飞来，不断打击也扩大着我们关于自我的叙事，等待着在未来的某一天被突然破解。

于是我在这个意义上相信，凡是记下的都有价值，而开头的那个故事那幅画面可以被解释为：对于一个孩子或者任何社会能力较弱的群体而言，走出房间就是最早的出走，有无穷的危险在前面。反过来说，在我们还不懂得勇敢为何物的时候，生命中的冒险就以各种自然而未必自觉的方式到来了，交战早已开始，我们不是全无准备。如果你找不到路，一定是路在别处，如果你感到彷徨，可能只是通过这种无措来反对逻辑的霸权，如果你此刻破碎，勇气可能就藏在本能的后面。

撰文：吴琦

评论

003　香特尔·阿克曼的时空变奏　　　　　　　　　　　　　瞿瑞
031　"今夜月色很美"——谈东亚的叙事传统　　　　　　钱佳楠
049　哦，水丸　　　　　　　　　　　　　　　　　　　　默音
085　钟表停了下来——谈张胡恋的发端，及小说《封锁》　张敞

小说

111　安德烈亚神父　　　　　　　　　　　　　　　　　赛珍珠
129　荡游　　　　　　　　　　　　　　　　　　　　　程异
141　即食眼泪　　　　　　　　　　　　　　　　　　　蒯乐昊
165　霉菌　　　　　　　　　　　　　　　　　　　　　颜悦
189　姐妹　　　　　　　　　　　　　　　　　　　　　李柳杨

影像

207　地籁　　　　　　　　　　　　　　　　　　　　　张文心

随笔

227　西双版纳游记：我站的地方就是我的家　　　　　　郭玉洁

诗歌

273　到时候再说　　　　　　　　　　　　　　　　　　刘天昭
289　修复之年　　　　　　　　　　　　　　　　　　　余幼幼

评论

003 香特尔·阿克曼的时空变奏

瞿瑞

031 "今夜月色很美"——谈东亚的叙事传统

钱佳楠

049 哦,水丸

默音

085 钟表停了下来——谈张胡恋的发端,
及小说《封锁》

张敞

香特尔·阿克曼的时空变奏

撰文 瞿瑞

评论 ▢ 香特尔·阿克曼的时空变奏

一

人类渴望在电影中创造奇迹，香特尔·阿克曼（Chantal Akerman）却在她的电影中创造了空无。以至于我们在初看阿克曼的电影时，常常感受到一种奇特的错位感。问题并不在于电影，而在于我们对电影抱有的定见——人们总是认为一部好电影应当让人忘记时间，以此逃避现实，香特尔·阿克曼的电影却试图让人感受到时间的绵延，坐对我们日常生活的空间。在镜头的凝视下，时间的痕迹慢慢析出，我们因此将向外探索的目光，校准为对于自身经验的审视，这审视同时朝向两个方向：我们熟悉的那个世界，我们熟悉的那种电影。

毕竟，世界上从来没有真正空无一物的地方，只有人类定义的不值得讲述的故事。

或许，出生于20世纪的中点，使香特尔·阿克曼注定背负着一种特殊的时间感受。1950年将欧洲历史分隔为两半：之前是一场绵长的噩梦，之后是一次漫长的哀悼。作为出生于战争废墟上的一代人，犹太人幸存者的女儿，阿克曼以一种极其内化的方式理解何为"个人的即政治的"：如果她的母亲死在集中营，那么她的生命必将不会存在。

很多年后，阿克曼在一次访谈[1]中讲述了她的母亲如何从集中营幸存的故事："在死亡行军时期，当纳粹意识到他们被美苏两军围剿时，他们把集中营清空，然后逼迫那些俘虏光着脚，或者用纸包着脚，从一个营地走到另一个。我母亲坚持不下去，但她的阿姨们在她昏倒时支撑着她，还帮她咀嚼食物，好让她下咽。她们最终被一些从反方向路过的法军救下。听到这些女人讲法语，他们停了下来，用大衣护住她们，带她们经过不来梅桥，来到美国占领区。法军带她们去了医院，并一小口一小口地喂食，这样才救下了她们。太多人因为这时候狼吞虎咽而死。"

死者总是独自死去，幸存者却无法独自幸存，而是经由无数他者的努力，从死亡之中将生命一点一点地夺回来。自这幸存者的生命中，诞生了新的生命。因此，从出生的那一刻开始，阿克曼的生命便笼罩着死亡的阴影。"我一

---

[1] 摘自妮科尔·布雷内兹（Nicole Brenez）对阿克曼的一次采访，题为"睡衣采访"（"Chantal Akerman: The Pajama Interview", 2011）。

评论 □ 香特尔·阿克曼的时空变奏

出生就是一个老婴儿了,因为我母亲的悲伤占据了所有的空间。她去了奥斯维辛,她的父母死了,她活了下来。还是小孩的我就感到了那种悲伤,所以我不能愤怒。我必须保护她。在和她的关系之外我无法存在……因为她是一个女人,我无法作为女人存在。她有悲伤,所以我无法悲伤。她受到伤害,所以我不能尖叫……"[1]

这是一种分外吊诡的处境:作为"伟大的女性电影人"被影史铭记(有时也因此被影史忽略)的香特尔·阿克曼,却始终感受到自身女性身份的缺失。然而,正是这种缺失,使她意外地抵达了女性命运的核心,并无限地接近了母亲经历过的无法诉说的沉重历史。对于阿克曼而言,母亲是她生命的来源、支点、镜像。有时,阿克曼通过她母亲的生命来回溯历史。有时,通过母亲的沉默,阿克曼发现了历史的另一面。

二

对于电影史而言,布鲁塞尔这座城市养育了两位重要的女性电影作者:新浪潮的祖母阿涅斯·瓦尔达

---

[1] 摘自梅利萨·安德森(Melissa Anderson)对阿克曼的访谈,题为"她光辉的十年"("Her Brilliant Decade", 2010)。

(Agnès Varda),以及新浪潮的女儿香特尔·阿克曼——她们生活的年代相距并不遥远,影像风格却截然不同。阿涅斯·瓦尔达的电影充满灵感、激情,容纳了生命的伤感与欢愉,香特尔·阿克曼的电影却沉静、智性,始终笼罩着死亡神秘的阴翳。

早在阿克曼拍摄的第一部短片《毁灭我的城市》(Saute ma ville,1968)中,已经显示出这种美学倾向。这部短片在一天之内拍摄完成,虽然制作粗糙,却充满了天才式的灵光一现。我们能在其中辨认出20世纪60年代反主流文化运动的时代烙印。在1968年席卷全球的历史浪潮中,法国电影导演和迷影青年扮演了重要角色,那一年2月,戈达尔(Jean-Luc Godard)和特吕弗(François Truffaut)率领着法国影迷走上街头,抗议亨利·朗格卢瓦(Henri Langlois)[1]被免职,影迷们从封闭的迷影文化中出走,掀起了世界革命之年的序幕;4月,美国民权运动领袖马丁·路德·金死于种族平等之梦;5月,法国的学生和工人手拉手走在巴黎街头,反对战争和暴力;接着,第二次

---

[1] 亨利·朗格卢瓦(1914—1977),法国电影资料馆的创始人,被法国影迷视为"第一位电影公民""电影真正的主保圣人"。1968年2月,朗格卢瓦被免职,这件事引起了全世界电影人的不满,由此引发了一系列抗议活动,被称为"朗格卢瓦事件"。

评论 □ 香特尔·阿克曼的时空变奏

女性解放运动[1]开始了。西蒙娜·波伏娃的著名观点——"女人不是天生的,而是后天形成的"——让年轻女性开始意识到自己被父权制形塑的过程。她们勇敢地离开家庭领域,并呼吁掌握自己身体的权力。

与此同时,香特尔·阿克曼将女性的政治行动转化为耐人寻味的影像实验。短片题为"毁灭我的城市",然而城市影像只在片头出现了半分钟,显示出强烈的反讽意味。城市本身具备公共政治属性。在西方文明诞生之初,古希腊的男性公民在城市中处理公共事务,形成了人类最早的政治实践。而政治(politics)一词正源于古希腊语的城邦(polis)一词。然而,在城市公共空间中并没有属于女性的位置,现代资本主义制度进一步将女性排除在市场之外,对于女性而言,"我的城市"仅仅意味着私人的家庭空间,尤其是私人的劳动空间:厨房。

十八岁的阿克曼在这部短片中戏仿家庭主妇的日常生活。她在楼下买花、收信,然后奔上楼梯,回到厨房。她打开罐头、烧水、煮意面、吃苹果、清洗地板……她笨拙而神经质地做着这些事情,直到厨具被扔在地上,鞋油被擦在腿上,熟悉的家务劳动开始走向崩坏。与其说香特

---

[1] 19世纪初发生了以争取女性选举权为目标的第一次女性解放运动,六七十年代发生了第二次女性解放运动(Women's Liberation Movement),发端于反主流文化运动末期。

尔·阿克曼在镜头前表演着家务劳动，毋宁说她在表演家务劳动带来的徒劳和绝望。

阿克曼的表演看似荒诞，却显示出长久以来，由女性承担的家庭再生产劳动的本质：这是为了维持生命而必须投入的消耗性劳动，这些劳动虽然维系着社会的根基，然而，由于它们并没有进入社会流通领域，生产出具备市场价值的商品，因此，女性的劳动价值一直遭受着贬低，而女性的劳动成果从来不被看见。事实上，就连"家务劳动"本身也是一个诞生于近代的社会学概念，女性主义者提出这一概念，用来阐释资本主义社会对女性的制度性压迫。

正如做饭和洗碗形成了一次家务劳动闭环——从事家务劳动的人需要在每一次劳作结束后，让厨房回到原样，等待下一次劳动的展开。在无尽的循环中，女性的生命就这样被看不见的劳作吞噬殆尽。对于阿克曼而言，这既是她对女性生活的痛彻领悟，也是一个关乎"我将如何生活"的切身问题。短片中，当阿克曼把一片狼藉的地板清洗干净，她终于有了自己的时间。她坐在厨房的角落，开始翻看一张报纸。我们可以猜测，无论她看到了什么：政治新闻、金融交易、文化活动……那都是一个由男性主导的世界，而当她将目光从报纸移向镜中的自己，也就望见了未来命运的悲哀图景：她将被禁锢在维持生命运转的重复劳作中，既无法参与社会建构，也无法实现个人价值。

至此，短片中没有一句台词，我们只听到声轨中，她在呼吸、在哼唱、在发笑。历史消除了她们的语言，使所有女性沉默地共享着一种不被看见、不被书写、无法诉说的命运。直到短片结尾，阿克曼在镜中写下宣言："一切都结束了！"伴随着黑暗中的煤气爆炸声，香特尔·阿克曼在银幕上杀死了自己，毁灭了社会指派给女性的家庭空间，以革命性的姿态开始了她的电影生涯。

三

黑白画面，固定机位的中景长镜头。

画面里是一间空荡的房间。只有光影的变幻提示着时间的流逝。

房间里有：一张旧床垫、一沓空白纸页、一支笔、一包白砂糖、一只铁勺，以及一个年轻女人（依旧由香特尔·阿克曼本人饰演）。镜头静静地凝视着封闭的房间，以及阿克曼的动作：她在粉刷房间，她在移动家具，她坐在窗台上思考，她在独自进食，她脱掉衣服和鞋子又把它们穿上，她躺在床垫上入睡又醒来，她在房间里写信，她把写好的信纸铺满地板……她在等待，她在书写这种等待。

电影《我，你，他，她》(*Je, tu, il, elle*, 1974) 的开头，让人想起弗吉尼亚·伍尔夫在《一间自己的房间》里写下的句子:"女人如果打算写小说,她必须有钱,还要有一间自己的房间。"然而青春期的香特尔·阿克曼一贫如洗,既没有每年五百磅的收入,也没有属于自己的房间。她全部的生活似乎就是为了电影创作而进行的一连串出走[1]:从布鲁塞尔到巴黎,从巴黎到耶路撒冷,从耶路撒冷到纽约,带着身上仅有的50美元。

在纽约,香特尔·阿克曼在一家色情电影院做售票员。这份工作——让人想起20世纪初,正是美国的犹太移民创造了最早的五分钱电影院[2],使美国的本地工人和外国移民成了最初的电影消费者,推动了电影的商业化——香特尔·阿克曼做得尤其出色。她将一张票撕成两半分开售卖,赚到的钱拍了两部短片:《房间》(*La Chambre*,1972)与《蒙特利旅馆》(*Hôtel Monterey*,1972)。两部短片明显受到了美国实验电影[3]的影响,阿克曼不再关注电影

---

[1] 据阿克曼后来回忆,她年少时本想成为一名作家,但在十五岁那一年,被戈达尔的电影《狂人皮埃罗》(*Pierrot le Fou*,这部电影在1965年由于"政治与道德的无政府主义"被列为18禁)传递出的自由感所打动,于是决定拍电影。然而,她被巴黎高等电影学院录取,三个月后就辍学了,她在家自学电影后拍了两部短片,一部成功了,另一部失败了。于是她决定遵照父母的意愿:结婚,她有个从小认识的朋友在耶路撒冷,于是她去耶路撒冷,准备和他结婚。然而在耶路撒冷待了一段时间她就觉得无聊了,因此她突然决定去纽约。1971年4月,阿克曼和朋友带着50美元到了纽约。

[2] 1905年,哈里·戴维斯(Harry Davis)和约翰·哈里斯(John P. Harris)两人在匹兹堡将一家商店改装成了第一家电影院:Nickelodeon。门票为五分镍币(nickel)。

[3] 这一时期香特尔·阿克曼接触到当时活跃于纽约的实验电影导演安迪·沃霍尔、迈尔·斯诺(Michael Snow)、乔纳斯·梅卡斯(Jonas Mekas)等。

评论 □ 香特尔·阿克曼的时空变奏

叙事,而是专注于探索电影的镜头形式。又或者,阿克曼通过电影思考空间,思考着自我与世界的关系。直到1974年,香特尔·阿克曼再次从实验电影出走,她回到巴黎,用偷来的三十五毫米胶卷拍摄了长片处女作《我,你,他,她》。

《我,你,他,她》记录了一个人的"出走"三段程:起初,"我"在一间封闭的巴黎女仆房中进行着孤独的精神生活;其后,"我"走出房间,在公路上搭车,和卡车司机一起度过一段旅程;最后,当"我"终于来到女朋友克莱尔家,"我"的种种欲望在此得到了倾诉和释放。第二天清晨,"我"离开克莱尔,再次独自上路。

正如电影标题所示,这部电影是从第一人称走向第三人称的过程,在自我走向他者的旅程中途经了第二人称的"你"——也就是这部电影的观众。阿克曼因此将整个世界纳入电影中来。与此同时,标题中的每一种人称都被逗号隔开——同时相连接,诉说着人与他者关系的本质。我们几乎可以将这趟旅程理解为伊曼纽尔·列维纳斯(Emmanuel Levinas)[1]关于他者性的哲学理论的影像演绎。在列维纳斯那里,真正的生活意味着与他者建立关系。然

---

[1] 伊曼纽尔·列维纳斯(1906—1995),法国犹太哲学家,他融汇希腊文化和希伯来文化,通过对传统认识论和存在论的批判,为西方哲学提供了思考异质、差异、他者性的重要路径,代表作有《总体与无限》《时间与他者》等。60年代末,香特尔·阿克曼在巴黎生活时,常常去听列维纳斯讲课。

而，对于主体而言，他者是一个绝对的他者，这意味着他者永远无法被内化到"我"的世界中来。归根结底，是"我"与他者的距离产生了欲望。对他者的欲望即形而上学。因此，人注定无法用形而上的欲望来填补自我的亏空，只能用它开凿世界的深度。

这分明是一部讲述欲望的电影，却以近乎一无所有的贫穷质感，诉说着对于生命而言最普遍也最深刻的事情。当阿克曼独自在她的房间里度过时间，我们看见生命自身有延续下去的欲望，有表达自己的欲望。当旅途中的卡车司机向阿克曼诉说自己的情爱史，实际上他在讲述爱欲的变幻无常。当阿克曼来到女友克莱尔家，她的台词异常简省。她说：我饿，我渴。然后用动作表达：我渴望你的身体。接着，阿克曼用一个长达七分钟的固定镜头凝视纯粹的身体欲望——生命如何渴望另一个生命，人如何通过身体与他者建立关系。以及最终，阿克曼依旧回到自我的孤独之中，因为终极的欲望，只能通过自我的找寻才能实现。

只有在此基础上，我们才能理解香特尔·阿克曼标志性的镜头中蕴含的伦理意义——从这部电影开始，阿克曼开始在电影中使用平视角度的中景固定镜头。在这些镜头中，没有景深空间的虚实对比，没有特写用来强调细节，没有视觉线用来引导图像，没有隐藏深意的俯仰视角，没有刻意设计的镜头运动，没有时间的加速或扭曲，没有人造花纹来表示象征,没有奇观式特效也没有蒙太奇……换言之,阿克曼在电影镜头中,消除了电影所有附加的技术特质,只留下电影最初的凝视功能。阿克曼以此邀请人们重建和电影之间最简单的关系:一种面对面的平等关系,正如人与他者之间应该建立的那种关系。这样一来,我们就可以在电影中,通过体验他者的存在,通向一段自我认识的旅程。

比如尝试理解一个女人真实的存在。

四

"人们可以讲述时间本身吗?这可能是一桩疯狂的事业。"戈达尔曾在纪录片《电影史》[*Histoire(s) du cinéma*, 1989]中自问自答。这正是香特尔·阿克曼在《让娜·迪尔曼》(*Jeanne Dielman, 23, quai du Commerce, 1080 Bruxelles*, 1975)中所做的事情:用两百分钟的银幕时间,复现了一位中年妇女生命中的两天半。阿克曼后来回忆,这部电影在戛纳电影节首映时,观众们陆续离场,只剩下一小部分人坚持看完了电影,而在电影放映后的第二天,二十五岁的香特尔·阿克曼得知自己成了一个伟大的电影人。

半个世纪后的今天,这部以"沉闷"著称的电影已被视为电影史上最重要的女性主义电影，它带来的启示依旧振聋发聩：拍摄女性和她们的真实生活——人类历史上长期被遮蔽的一面——本身即意味着激进的影像政治。然而，《让娜·迪尔曼》的女性主义标签，常常让人忽略了这部电影的另一伟大之处：它改变了人们在电影中体验时间的方式。

我们看到，中景固定镜头追随着德菲因·塞里格（Delphine Seyrig）[1]饰演的让娜·迪尔曼寻常一天的每一个动作：她在厨房里做饭，从一个房间走到另一个房间，关上一盏灯又打开一盏灯，她出门购物，回到封闭的公寓，接待嫖客，洗澡，洗衣服，帮邻居照看婴儿，等待儿子回家，和儿子一起吃饭，写信，为儿子铺床，睡觉。在阿克曼的镜头中，让娜的每一个动作都充满了内部的紧张感，她的所有时间都被精确地拆分为一项项令人焦虑的劳作。

我们也许认为让娜·迪尔曼的生活沉闷乏味，而恰恰每个人就是在这样的照顾下长大的。这些场景因重复了太多次而丧失了意义，甚至关于食物、毛衣、清洁剂的琐碎

---

[1] 德菲因·塞里格(1932—1990)，法国演员，代表作包括阿伦·雷乃(Alain Resnais)的《去年在马里昂巴德》(*L'Année dernière à Marienbad*)，弗朗索瓦·特吕弗的《偷吻》(*Baisers volés*)，路易斯·布努埃尔(Luis Buñuel)的《资产阶级的审慎魅力》(*Le Charme discret de la bourgeoisie*)等。从60年代后期，她开始参与法国的女性主义运动，倡导女性拿起摄影机，开始自己的拍摄和创作。

事务取代了我们对于母亲本身的记忆。在盛饭的镜头里，让娜·迪尔曼将完整的土豆和肉盛给了儿子，自己只盛了一些锅里的边角料——就像是任何一个人对于"母亲"的寻常记忆。而在另一幕中，让娜将前一天从嫖客那里赚到的钱给儿子做零花钱，在"性交易"和"养育儿子"之间完成了一次等价转化。

至此，阿克曼将让娜·迪尔曼的戏剧性身份——她既是母亲，也是妓女——编织进一位母亲的日常劳作清单之中。长久以来，男性致力于将女性划分为"母亲"和"娼妓"两种迥异的形象。他们为前者赋予神性，以取消她们的自我意识；而使后者变成性的交易对象，剥夺她们的身体权力。在经济上依附于男性的女性，一旦脱离和男性的婚姻关系，又早已被排除在公共领域之外，便只剩下一个幽闭在"母性与性"中的世界。为了延续生活、养育儿子，让娜只能从事性交易，来换取微薄的家庭收入。

当让娜·迪尔曼接待嫖客时，镜头中的空间异常安静，让娜和她的客人之间没有任何交谈，更没有任何情欲的想象空间。只有在这些嫖客离开时，我们才看到让娜和他们之间的程式化互动：收钱，约定下一次时间。仿佛对于让娜而言，一次性交易不是别的，只是另一次劳作而已。然而嫖客离开之后，镜头凝视着让娜·迪尔曼如何认真清洁自己的身体，隐晦地传递着让娜·迪尔曼的真实感受：她必须洗净身体的痕迹，重回母亲的无性状态。

在让娜令人不安的沉默中，我们可以想象，母亲与娼妓的割裂，如何日复一日地撕裂着她的自我，而这一切，又如何一次次在母亲的"非我"中，被完美地搁置起来。

香特尔·阿克曼的镜头之所以让我们震惊，并不在于任何越界的事件，而仅仅在于电影的凝视，让我们第一次注意到了这些不值一提的成长记忆之后，那个有名字、有自我意识、时刻做出选择的女性主体。让娜·迪尔曼让自己的生活成了一个令人毛骨悚然的闭环，世界却因此赞颂母亲：她牺牲了全部的自我和她全部的时间，让自己成为他人的供养者。

然而只消一个瞬间，就足以摧毁这种压抑的生活。阿克曼没有告诉观众这个瞬间是如何发生的。正如现实世界的运作机制：无论是在历史中，还是一个人的生命中，改变一切的"决定性时刻"都无法复现。在第二天下午嫖客离开时，我们注意到让娜·迪尔曼的头发打结了；接着，存钱罐的盖子忘了盖上；当晚的土豆煮糊了；毛衣无法再织；信无法再写……每一个日常生活走向失控的时刻，都有一个尝试逃逸的让娜·迪尔曼，她正向银幕之外释出强烈的情感。让娜·迪尔曼在洗碗时出神的那一幕，我们从宁静的背影中，感受一个女人在随时间堆叠的强烈痛苦中无处安置的自我，而她修复失误的重复性动作让我们前所未有地感到刺痛:世上的每一位母亲在我们视而不见的日常劳作中,经受着多少次这样隐秘的挫败,多少次无法言说的死亡。

在结尾,电影中如禁忌般的沉默被打破。镜头第一次对准了卧室里的镜子,我们看到嫖客将身体的所有重量都压在了让娜·迪尔曼身上,当她试图挣脱时,这个男人不顾让娜的反应,进一步用身体钳制住了她,沉浸在自己的性快感里。让娜青春期的儿子意识到"性本质是一种暴力",镜头里发生的一切正是对这种暴力的视觉化揭示:"暴力"不仅在于身体行为,也在于性互动中对女性自我意识的抹消。而当让娜·迪尔曼终于摆脱了男人的身体,她穿好衣服,拿起剪刀——一把放错位置的剪刀,是一系列家务活失控的延续——杀死了这个男人。至此,画面中传达的信息诉说了男女权力关系的本质。因此让娜·迪尔曼的谋杀,并不只是反抗某一个虐待自己的嫖客,而是在反抗压迫女性的资本主义父权制。

电影自诞生以来,成为一个为了满足人类(以男性为主体)欲望而构建的世界,它最常见的两大主题是性与死亡。在《让娜·迪尔曼》中,阿克曼同样讲述性与死亡,却在电影史的空白地带,在一个女人被遗忘的生存事实中,让被历史遮蔽的性别结构显形。从此我们再也无法理所应当地看待那些将性和死亡作为视觉冲突元素的电影,以及作为男性欲望投射对象的女性银幕形象。作为20世纪70年代女权运动的标志性作品,《让娜·迪尔曼》同时反抗了主流电影的制作方式。在当时,电影行业的大多数工作都被视为只有男性才能胜任,《让娜·迪尔曼》的制作成员却几乎完全由女性组成,展示出阿克曼鲜明的女性主义立场——女性能够制作电影,更重要的是,应该由女性来讲述她们自己的故事。

对于阿克曼而言,这只是漫长旅程的开始。电影的最后一个镜头,让娜·迪尔曼安静地坐在房间里,来自外面的光投射在昏暗的房间,街道上的声音涌了进来。后来拍摄的《安娜的旅程》(*Les Rendez-vous d'Anna*, 1978)可以视为《让娜·迪尔曼》中问题的延续:当被困的女性走出家庭领域,来到男性主导的公共空间,那将意味着什么?

五

在阿克曼的所有电影中,《安娜的旅程》大概是最具自传色彩的一部。安娜是一位年轻的女导演,她的生活就是独自乘火车旅行,去不同的城市展映她的电影。在旅途中,安娜结识了不同的人,她聆听对方讲述的故事,但从未真正进入对方的世界。安娜的生活就好像一个人站在行驶着的火车车窗前,等待下一个停留的站台,但在更多的时间里，她只能望着车窗外不断退后的风景，看它们绵延成不断的告别。正如阿克曼为自己设计的人生：她在电影镜头后面，静静凝视着历史发生过、只留下空洞痕迹的世界。

在电影的第一个镜头中，摄影机端正地面对着地下通道的入口，并将画面切分成对称的两边：两条铁轨从站台的左右两边延伸开去，会合于无限的远处。起初是一片寂静，接着，我们听到火车粗粝的声音由远及近，随后目睹火车从画面右边的轨道进站。在火车刹车声过后，镜头里出现了大量的人群——他们的背影随即消失在地下通道的入口中。安娜的身影也被淹没在出站的人群中，但很快她又逆着人群折了回来。现在我们听见她的鞋跟叩击在地面上的声音，直到她走进画面远景处的电话亭，声音消失了。我们听不见安娜的声音。这时传来火车再次启动的喧嚣声。火车开走以后，安娜走出电话亭，面朝我们走来，我们再次听见她的脚步声，声音越来越近，直到我们看清了安娜的面容，随着安娜转身，声音又越来越远，和安娜的背影一起消失在画面中心的黑洞里。站台重回最初的宁静。

在阿克曼的镜头里，"站台"显出它的本质：这是一个空间的中点，一次时间的停顿，一个意义被悬置的地方。人们抵达这里，仅仅是为了离开它。画面中的声音诉说着世界的秘密：个人的脚步声和公共空间的机械声，犹如歌剧中的高低音声部，它们以不同的频率讲述着各自的故事，有时你吞噬我，有时我覆盖你，有时则陷入一无所有的寂静。而安娜不停地迁徙，让自己成为一个站台收集者，一个时间与空间的容器。

安娜在电影中穿越了三个不同的国度：德国，比利时，巴黎，如果加上对话中提到的美国，这正是阿克曼成为电影人之后，过上的现代游牧生活。电影中的安娜和香特尔·阿克曼一样，来自一个波兰犹太人移民家庭，这使得安娜的旅程变得别有深意——这个路线也恰好是"二战"时犹太人逃亡的路线。

安娜在旅途中遇到的人，不约而同地对她讲述着各自生活中的历史阴影：一个德国教师说他的妻子离开了他，昔日的好友被迫政治流亡，他的生活变得非常孤独，希望安娜为了他留下来；过去恋人的母亲移民到了德国，努力适应着新的语言和新的生活，她希望安娜和自己的儿子结婚生子，过上安稳的生活；火车上认识的陌生男人说起他周游过的那些城市，梦望着一个能够安居的地方，一种能够给他带来拯救的生活；安娜的巴黎恋人在酒店房间里，细数着毫无出路的现代生活，甚至因此而生病。在历史创伤过后，在革命理想失败之后，历史不再以某个具体事件现身，而是分崩离析后，悄然散落各地，人们被现实隔绝开来，每个人只拥有一些破碎的私人感受。他们讲述，他们渴望通过和安娜建立关系，尝试重建自己破碎的生活，然而安娜并不信任这种重建——作为一个经历过性解放运动的女性,她深知传统家庭生活之于女性的陷阱。与此同时,安娜也意识到,性无法给女性带来真正的自由,反而带来了性的失效。

正如电影中,德国教师和安娜之间有这样一段对话。

男人遇见一个女人,到她家去,他觉得美妙的事情即将发生了。然而忽然,女人说"穿上衣服",于是我又是独自一人了,人生总是这样吗?

不,不能这么说。我经常让人送我回家,但我一般不说"穿上衣服"。我让它发生。但我不会对自己说,这将是美妙的。我不对自己说话。

即使事情发生,一而再地发生,结果却并没什么不同。人们再也无法期待通过性的关联,来和他者建立生命之间的真实关联。安娜的人生被旅程拆解成断裂的空间和破碎的时间,其他人也都困在各自的现代生活里。正如安娜拨出去的电话总是忙线,人和人的交谈到头来也总是变成自说自话。当安娜在布鲁塞尔见到阔别三年的母亲后,她讲述自己的游牧生活,在陌生旅馆和陌生人度过的那些夜晚。她甚至对母亲诉说了和同性之间的一次性体验。当她探问母亲的感受,就仿佛在探问女性的历史:女性如何看待自己的欲望，如何和他人建立联系。母亲却沉默了。母亲的内心有她无法提及的历史，犹如她尽力掩饰的波兰口音，在那个被抛弃的世界里，没有人和她说话。尽管她希望对女儿讲话，谈话却被空间阻滞。当她给安娜写信[1]的时候，没有人回应她。

在电影结尾，安娜回到巴黎家中，她静静地躺在床上，听着电话答录机里传来的声音。机械声过后，电话里的声音通知了她接下来的旅程：洛桑，日内瓦，苏黎世。安娜在电影中始终没有联系到的意大利女友在电话答录机里问她，"你在哪儿？"而她无法回答。她哪儿也不在，只是从一个地方迁徙至另一个地方。这是一种度过时间的方式，因为她的一生注定无法抵达任何地方，如同《出埃及记》中她的犹太祖先一样——"犹太人在沙漠中花了四十年来消除一切奴隶制遗留的痕迹。这种想法是崇高的：通过剥夺时间来消除痕迹。为奴的痕迹。"

六

从前，有一位拉比，他总是穿过村庄，去往同一片树

---

[1] 在阿克曼拍摄的另一部纪录片《家乡的消息》(*News from Home*, 1977) 中，阿克曼读着一封封母亲写给自己写的信。

林,他总是在同一棵树下祷告,上帝听到了他;拉比的儿子也住在村庄里,他也去往那片树林,但他不记得那棵树在哪儿,因此,他在每一棵树下祷告,上帝听到了他;拉比的孙子既不记得树在哪儿,也不记得那片树林,因此他在村庄里祷告,上帝听到了他;拉比的曾孙不知道树,不知道林,甚至不知道村庄在哪儿,但他仍记得祷告的词,于是,他在家祈祷,上帝听到了他;拉比的曾曾孙不知道树,不知道林,也不知道村子在哪,他甚至不记得祷告的词,但他知道这个故事,因此,他把故事告诉了自己的孩子,而上帝听到了他……

在电影《美国故事》(*Histoires d'Amérique*, 1989)开场,香特尔·阿克曼安静地讲述着犹太人飘零的往事。画面是曼哈顿的幽蓝夜景,镜头随着船身的沉浮微微摇晃,像一双眼睛,注视着远处高楼的荧荧灯光。这一幕使人联想到,这大概就是欧洲的犹太移民初次来到大西洋对岸的国家时见到的风景。这部电影拍摄了许多生活在纽约下城区的犹太移民——人们在远离故土的生活中,讲述着苦涩的犹太笑话,将无法忍受的历史记忆转化为对自身境遇的嘲讽。

香特尔·阿克曼的英语旁白带着率真和稚气,仿佛一位犹太母亲向她的子女讲述一段失落的历史,然而在她说话的时刻,已经迷失在句子的意义里。在故事的结尾,她将自己的命运,焊接在犹太人的历史中,使这个故事的结尾,像是一个空洞的句号:"……我自己的故事,充满了缺口,充满了空白,我甚至没有孩子。"

阿克曼深知对于一位女性而言,没有孩子意味着什么。在《安娜的旅程》中,阿克曼甚至借安娜的台词确认了这种无未来的状态:"什么都没有。"

也许认识自身的历史,就是认识到个体终将失败的命运。即使对于这种失败的确认,对于世界而言,几乎是一种双重冒犯:既冒犯了那些传统世界的守护者,也冒犯了那些试图改变世界的革命家。自《安娜的旅程》起,香特尔·阿克曼的电影变得更加深邃和沉静。当她的生命向未来封闭的同时,她的电影却朝向历史的空白之处敞开。

从20世纪80年代开始,阿克曼拍摄了一系列纪录片:《告诉我》(Dis-moi,1980)中,阿克曼倾听几位犹太祖母讲述她们经历的故事;《来自东方》(D'Est,1993)中,阿克曼来到苏联解体后的东欧世界,凝视帝国解体以后,人们如何被困在原地;《南方》(Sud,1999)中,阿克曼拍摄黑人小詹姆斯·伯德(James Byrd Jr.)[1]被私刑处死后的得

---

[1] 1998年6月7日,在得克萨斯州的贾斯帕小镇(Jasper),小詹姆斯·伯德被三名白人用铁链绑在卡车车尾,拖行将近5公里,最后身首异处、躯干支离破碎而死。阿克曼在电影《南方》中用长达16分钟的长镜头拍摄了这条施暴之路——或者说暴力消失后,绵延在道路上的死亡痕迹。

克萨斯州小镇,一个十六分钟的长镜头拍摄着空寂而无声的死亡之路;《另一边》(*De l'autre côté*, 2002)中,阿克曼来到墨西哥边境小镇,电影中荒芜的风景吞噬了那些尝试越过美墨边界的移民者;而在纪录片《那里》(*Là-bas*, 2006)中,独自幽居在特拉维夫的阿克曼拍摄着公寓窗外,想象着作为犹太人,生活在以色列意味着什么。

通过拍摄这些纪录片,阿克曼让自己成了一个现代世界的游牧者。即使她很少在这些电影里出现,她的声音填补了风景的空白,她的摄影机如同历史的幽灵,不顾种族、性别、国土的边界,游荡在20世纪被遗忘的历史角落,诉说着无数被吞噬的生命背后那摄人心魄的空无。而凝视空无,也成了阿克曼的道德立场。

正如纪录片《来自东方》中,只有人们生活的静默场景,和他(她)们的身体——面孔,肖像,动作——展现出历史在场的痕迹。阿克曼的母亲纳塔利娅·阿克曼(Natalia Akerman)年轻时曾居住在苏联统治时期的波兰,她在《来自东方》中认出了曾经的生活:一个老女人沿街走过的步态,乡间小路上结伴走过的人群,厨房里切面包的女人,火车站等候室里的旅客,出租车朝着同样的方向行驶……阿克曼的镜头冷静地观察着高度政治化的生活如何烙印在人们的身体上,也烙印在人们生活的空间中。纳塔利娅说:"看过这些画面以后,再也无法面对新闻上的那些说辞。"在电影结尾的长镜头中,天色是醉人的幽蓝,我们无法分辨这是黄昏还是清晨,只知道这是寒冷的一天,人们呼吸着冬天的空气,站在路边排着队等待,他们的姿态如此僵硬和雷同,仿佛已经等待了一生,还将无尽地等待下去,阿克曼则说:"他们在等待死亡。"

纪录片《我不属于任何地方》(*I Don't Belong Anywhere*,2015)中,六十五岁的阿克曼开口讲述自己一生的故事:游历世界的旅程,拍电影的故事,和母亲之间的羁绊。在电影结尾,画面定格在特拉维夫的荒野上,地上堆叠着两块铁锈色的金属废墟——就好像人类消失以后,留在地球的最后遗迹。而香特尔·阿克曼坐在这文明的遗骸上,清晰地说出了她拍摄的电影和历史之间的关联。

"集中营之后,有些事物是我们无法呈现的。一些难以忍受的事物。我认为我们的文明有一个明确的转变,在这个转变之后,事物不再和先前一样了。我这样拍电影的原因也是如此。因为有些东西,无法再被呈现出来了。"

七

香特尔·阿克曼拍摄的最后一部电影,是关于母亲临终生活的纪录片《非家庭电影》(*No Home Movie*,2015)。也许她的一生始终在等待这个时刻,在电影中和母亲相遇。

电影中有这样令人难忘的一幕,当阿克曼和母亲视频通话时,母亲的脸填满了电脑屏幕,镜头向着电脑屏幕推了过去,画面无限接近视频中母亲的眼睛,影像变成了一团模糊的马赛克,一个银幕上的黑洞。电影题目不仅仅暗含着对传统家庭电影的反对,还有更内化的含义——随着母亲的去世,家不再可能,电影也不再可能。在这部电影上映后不久,2015年10月,香特尔·阿克曼在巴黎家中结束了自己的生命。

"一个人想要求死时经常是如此:不断地尝试,直到它终于发生。"香特尔·阿克曼在讲述罗伯特·布列松（Robert Bresson）的电影《穆谢特》（*Mouchette*, 1967）中少女的命运。对于患抑郁症的阿克曼而言,也是一样。她在电影里不断地思考这一命题,直到死亡真正来临。

然而,我愿意在此回溯时间,让这一刻晚一些到来。在2000年——一个世纪的终结,和另一个世纪的开始——香特尔·阿克曼根据马塞尔·普鲁斯特的小说《女囚》拍摄了电影《迷惑》（*La Captive*, 2000）。阿克曼曾说,她从十几岁开始读这个文本,读了整整一生,仿佛其中的故事已经变成了她自己的。

这部电影准确地复现了许多普鲁斯特在小说中的空间构造。比如男女主人公的卧室分别在长长的走廊两端,比如两人在浴室中被一块磨砂玻璃隔开。与此同时,电影的结构隐秘致敬了普鲁斯特的《追忆似水年华》。然而，在普鲁斯特文本中肆意流溢的心理时间，被一种现代性的孤独体验所代替，普鲁斯特文本中绵延不断的情感，变成电影中被阻滞的欲望带来的纯粹痛苦。某种程度上，香特尔·阿克曼将《女囚》内化为一个属于自己的故事。男主人公西蒙出于不同寻常的强烈爱意，而暗中窥伺着爱人的所有行为，一旦他的爱人脱离掌控，西蒙就陷入疯狂。然而，他只在爱人睡着时才对她有欲望，她一旦醒来，欲望就消散。这种恋物癖式的爱，恰恰反映了西蒙内心对于死亡的真实欲望：只有在死亡中，一个人才能完全拥有另一个人，没有谎言，没有背叛。

电影开头，西蒙看着录像带中的少女——在海边和朋友玩闹——被深深吸引。而在电影结尾，少女向着黑夜的海中游去，而西蒙跳进大海，想要拯救他的爱人。在这一段落中，阿克曼使用了拉赫玛尼诺夫的交响乐《死亡之岛，Op.29》——这是拉赫玛尼诺夫受瑞士画家阿诺德·伯克林（Arnold Böcklin）[1]系列画作《死亡之岛》启发创作的乐曲。

---

[1] 阿诺德·伯克林（1827—1901），瑞士画家，最著名的作品是《死亡之岛》系列，共有五幅。在20世纪30年代，这些幽深神秘的画作曾深受德国人民的喜爱，成为当时社会上流传甚广的印刷品。除此之外，阿道夫·希特勒也是阿诺德·伯克林画作的狂热收集者，他收集了11幅伯克林的作品，甚至想为他建一座美术馆。他的办公室里就挂着其中一版《死亡之岛》。

电影的最后一镜明显参照了伯克林画作中的内容。油画中，在宁静的海上，一艘小船上载着两个人。背景处，海中有一座神秘而高耸的凸起物，长满了高耸入云的翠绿柏树——比起一座岛，它更像是一块梦中的墓碑，或一个神话中的幻境。

而在阿克曼的电影中，神秘而恢宏的"死亡之岛"消失了，只有一望无际的平静海面和远景处的一艘小船。那船缓缓向我们驶来，直到我们终于能辨认船上的两人，一位是船夫，另一位是男主人公，而被囚的少女消失了——她以死亡趋近了爱，以沉默趋近了反抗。

在这部电影的结尾，香特尔·阿克曼展示出电影的巨大能量，它将其他艺术的历史转化为电影的生命，使我们听见了世界濒死的心跳：当阿诺德·伯克林将死亡变成一系列幽深神秘的画作，当拉赫玛尼诺夫将死亡变成一曲恢宏浩荡的交响乐，当普鲁斯特将死亡变成一座由文字砌成的大教堂，香特尔·阿克曼将死亡涂抹成一片空白的荒原，所有流向死亡的生命在此发生了共振。大海就是这空的终极形式：大海汇聚了所有空无的时间，并且那里安放着一个女人活着时，注定无法企及的爱。

"今夜月色很美"——
谈东亚的叙事传统[*]

撰文　钱佳楠

---

[*] 英语原文刊于 The Millions, 2018年4月,曾获 The New York Times、Longreads 等多家媒体推荐。这是该文首次中译。

评论 □□ "今夜月色很美"——谈东亚的叙事传统

一

有一次,一位来自澳大利亚的作家同学告诉我,她觉得蜚声国际的小说家村上春树"很日本"。

"为什么这么觉得?"我不解地问,因为村上的作品不时穿插西方流行文化的标签,而且行文风格也非常英语化。

同学答道:"他的很多故事都没有真正的冲突。就拿《1Q84》来说吧,你以为所有这些超现实的元素都是为了某种东西而准备的,但最后什么也没发生。就连天吾和青豆之间的爱情最后也不了了之。"

那天,我俩主要在聊叙事结构。我告诉她,作家工作坊的同学们经常说我写的故事没有冲突。他们的批评让我想到了东亚人讲故事的习惯——虽然这么说有以偏概全之嫌,但我们东亚人似乎更倾向于在不使用冲突的情况下搭建情节。与西方的五幕或三幕剧情不同，"起承转合"一词经常被用来描述经典的东亚叙事，它包括四个不同的阶段：引子、发展、转折和结尾。引子和发展可与西方经典叙事传统中的情节交代（exposition）和起始行动（rising action）相类比，但略有不同；结尾看似和西方叙事传统中的冲突解开（resolution）有接近之处；然而，东亚叙事有个很大的不同，故事中没有一个决定人物命运的高潮（climax）。事实上，在许多东亚叙事中，处于前景的当前故事基本不受人物内心汹涌情感的影响。

对于习惯主人公命运大起大落的西方读者而言，如此"平淡"的东亚故事究竟有什么意义呢？这不会很无聊吗？

东亚叙事仍然引人入胜，且耐人寻味。以日本作家谷崎润一郎的《钥匙》为例。小说以日记体写成，讲述了一位老人对小自己十一岁的妻子以及妻子对女儿男友的性幻想。小说使用双线叙事：丈夫和妻子都把日记锁在抽屉里，故意把钥匙留在外面——他们希望对方会忍不住偷看。对方有没有看？如果偷看了，那么对方是不是故意在日记里撒谎？这个相互试探的游戏会如何影响夫妻之间的情感关系？即便第三次阅读此书，我仍然发现自己被深深吸引。然而，谷崎的作品并不包含西方意义上的冲突。

夫妻之间的隔阂并没有升级为分居或离婚。尽管妻子

评论 □□ "今夜月色很美"——谈东亚的叙事传统

承认自己憎恨丈夫,但她仍然屈从于丈夫的欲望,甚至偶尔积极参与。丈夫最终因脑溢血而死,不是因为他知道了妻子的奸情,而是因为他自己长期的放荡生活。因此,丈夫的死更像是一个转折,而不是导致主人公命运跌宕起伏的高潮。故事里几乎不存在人物之间的对抗。例如,当女儿搬出去时,她的借口是想找个安静的地方学习。母亲怀疑真正的原因,但一家人从未公开讨论过。至少在表面上,这个家庭并没有破裂。

在不少英美小说中,都可以找到类似的交替叙述手法,用来揭示人际关系中的沟通不畅:埃文·S.康奈尔(Evan S. Connell)的《布里奇夫妇》(*Mr. and Mrs. Bridge*),劳伦·格罗夫(Lauren Groff)的《命运与狂怒》(*Fates and Furies*),以及玛戈·利夫西(Margot Livesey)的《水星》(*Mercury*)。但与谷崎的作品不同,这些故事往往营造出一种戏剧张力,最终指向主人公的自我揭示。以《水星》为例,丈夫唐纳德逐渐意识到,他和妻子薇薇之间的隔阂越来越大,以至于她需要一把枪来保护她真正的爱人——一匹马。他们之间的隔阂(核心冲突)慢慢显露出来,并发展到一个无法挽回的境地(高潮):薇薇开枪射杀了唐纳德的朋友。两人的关系因此彻底破裂:薇薇进了监狱,留下迷惘的唐纳德(冲突解开)。换而言之,小说里出现的内在情绪都会催生人物的行为,进而改变家庭内部的结构。

叙事是对他们亲密关系破裂原因的深层剖析——他们从什么时候开始不再倾听对方?《命运与狂怒》的故事背景是较为传统的婚姻关系,即妻子承担家务,丈夫工作养家。妻子的叙事最终颠覆了丈夫的"金童"人设,表明她是"幸福婚姻"下的傀儡。两部小说都试图寻求真相。

相比之下,《钥匙》中夫妻之间的断裂是一个前提,而不是结论:

> 郁子啊,我亲爱的妻子啊,我不知道你是否一直在偷看我的日记。即使我直截了当地去问你,你也一定会说"我决不偷看别人写的东西",所以问你也是白搭。不过如果你看了的话,我希望你相信我写的都是真实的,没有一点虚伪。当然,对于疑心重的人,越这么说越会引起怀疑,所以我不会对你说什么的。其实,只要你看了这本日记,究竟是真是假就不言自明了。[1]

这个选段出自丈夫的第一封信。很明显,从小说伊始,这对夫妻就缺乏相互信任。然而,谷崎并没有兴趣去发掘未被充分反映或被压抑的话语,也无意诊断婚姻痼疾的病

---

[1] 本文的《钥匙》引文均参见[日]谷崎润一郎著,竺家荣译:《钥匙》,北京联合出版公司,2019年。

因。他更关注人类的阴暗心理：我们从嫉妒和不忠中获取快感，我们都有施虐和受虐的倾向。与西方的同题材作品不同，谷崎并没有借用存在问题的婚姻案例来总结经验教训。或许在他看来，人性的阴暗面是每个人与生俱来的，现代西方心理学找到的原因（对过去创伤的处理不当或长期的屈从）都是对复杂关系的过度简化。

华裔美国作家任璧莲（Gish Jen）在她的哈佛讲稿《老虎手书》(*Tiger Writing*) 中，用"相互依存"（interdependent）来形容东亚人的自我认知模式，以此区别于西方人的"独立"模式。任璧莲写道：

"独立"模式中的个人主义自我强调其独特性，通过固有的属性（如特质、能力、价值观和偏好）来定义自己，倾向于孤立地看待事物。"相互依存"模式中的集体主义自我则强调共性，通过自己的位置、角色、忠诚和责任来定义自己，主张看待问题的时候不应脱离具体的语境。[1]

作为一名中国女性，我记得第一次看美剧《傲骨贤妻》时的震惊——女主人公艾丽西亚·福瑞克竟敢对她的婆婆出言不逊："下次你想看孙子，记得先给我打电话。"

---

[1] 本文出现的《老虎手书》书中内容均为作者自译。

同样，美国观众可能会认为那些对公婆的无理要求百依百顺的东亚女性过于软弱。这么说同样有以偏概全之嫌，但是如果放到具体语境里，不少表现出"顺从"的东亚女性或许不仅坚忍，而且具备大智慧，可能她们更在乎家庭整体的安宁祥和，她们或是以表面的"礼让"换得长时间的"清静"。

任璧莲还在书中谈起父亲撰写回忆录时的独特写作模式：在花了极大篇幅描述中国传统的晨起问候仪式之后，他如此动情地总结道——

这不是一个充满冲突和起始行动的现代线性世界，而是一个充满和谐与永恒的循环往复的世界。在这个世界里，秩序、仪式与和平才是美，事件带来的不是兴奋或进步，而是混乱。

《钥匙》中的夫妻关系虽然风雨飘摇，婚姻却保持稳定——他们在有序的框架内应对生活中的骚动。一个波澜不惊的当前故事，正如东亚人日常生活中的仪式，自有其独特的美感。

评论 📖 "今夜月色很美"——谈东亚的叙事传统

二

东西方叙事的情节差异也造成了结构的差异。很多时候，西方读者无法跟随东亚叙事，会觉得其迂回、宛转、游离，宛若在无目的地逛花园。意大利视觉艺术家马泰奥·佩里科利（Matteo Pericoli）从建筑学的角度评论《钥匙》，将其结构比作"两座由巨大的鳍状墙构成的建筑，悬挑的楼板像两本书的书页一样滑入对方的楼板"。他认为："'双层'建筑的楼层交替出现，就好像其中一层是偶数楼层，而另一层是奇数楼层。从一层到下一层，比如从五楼到六楼，我们必须下楼，从一栋楼出来，进入另一栋楼，然后再回到楼上。"

在佩里科利看来，这是一项"浩大"且"毫无意义的"工程。我理解他的出发点，但我不禁感到，结构上的差异或许源于东西方不同的思维方式。

假使妻子看了我写的这件事，她会采取什么措施呢？大概会考虑到我的将来而多少控制一下自己以后的行为吧？不过以我的估计，这恐怕不大可能。她理性上虽然想控制，但她那永不知足的肉体不会听从理性的指挥，仍会为了满足肉体的欲望而不惜置我于死地。"说什么哪？我以为你近来一直挺有精神的，看来还是撑不住了。是不是想让我稍微退一步而吓唬我呢?"——她很可能会这么想。不,其实是我自己已经控制不了自己了。

《钥匙》中充满了类似的幻想,叙述者将自己的想法投射到妻子身上,甚至推测她的反应,以此改变自己预想的行为。虽然看起来颇为偏执,但这种心理在我亲身体验的东亚文化中非常典型——我们倾向于对他人的反应进行猜测,而后修正自己的行为,如此往复,以至于陷入无尽的想象中,很少采取行动。

2016年我第一次来到美国,不会开车的我在中西部的大学城举步维艰。尽管美国同学一再表示愿意帮忙——"你什么时候要去买东西,给我打个电话就行",但我还是难以开口,生怕我的需求会给他们带来不便。我的中国朋友则会采取不同的策略,他们每次出门前都会问我:"我今天下午要去沃尔玛买菜,你要不要一起?"如你所见,那些中国朋友预见了我不愿打扰他们,从而做出了进一步的举动。

在日本导演岩井俊二的电影《情书》中,男主角去世后,他的梦中情人终于发现他爱过她,因为她在他们高中数不清的借书卡上发现了自己的名字。不久之前,有则故事在中国和日本的互联网上疯传:一位日本程序员在自己发明的电子游戏中编入了所爱之人的名字,但他从未表白,终身一人。

"但是为什么呢?"在我的记忆中,每当我对美国同学讲述类似的故事时,他们都会瞪大眼睛。

但每一次,我的解释都只会加深他们的困惑:不是因为被拒绝后可能遭受的羞辱,而是担心一方的激情会破坏所爱之人原本安宁的生活——我们不希望个人的喜怒哀乐变成所爱之人的心理负担。我们宁愿做一些"微不足道的好事"(雷蒙德·卡佛语)来点亮他们的生活,不求任何回报。这种单方面的关怀,即所谓"纯爱",在东亚文化中被认为是浪漫的最高境界。"纯爱"在日语词典中的意思是"真诚、专一的爱"。

在谷崎的作品中,读者必须在丈夫和妻子各自的投射甚至妄想之间来回穿梭,其中有多少是真实的依然成谜。如前所述,谷崎对诊断婚姻并不感兴趣。某种程度上,他的野心更大:因为我们的交流方式永远不可能与时刻变化的情感同步,相互理解成了一种我们负担不起的奢侈。

三

对于西方读者来说,东亚文本中的叙述具有递归性,可能会被解读为重复或缺乏重点,除此之外,东亚文本中大量的名物和细节也可能显得多余且令人费解。

我在作家工作坊中经常收到的另一个批评意见是，我必须删去小说中的某些细节，尤其是开头部分。当时的我不明白为什么缓慢的节奏会困扰我的美国同学，直到偶然发现任璧莲的父亲使用了一种极其相似的叙事模式。

这本回忆录的第一章写了一个月，共32页。但是并没有像《大卫·科波菲尔》那样以"我出生了"开头。我父亲用的是一种真正强调相互依存关系的笔风，换句话说，整个章节，父亲根本没有提到他的出生。

任璧莲父亲在开篇写的是详尽的家族史和家乡风貌。与重视个人生活质感的西方故事不同，很多时候，东亚叙事的深度取决于其对社会历史图景的揭示意义。

我很喜欢最近在《纽约客》杂志上读到的克里丝滕·鲁佩尼亚（Kristen Roupenian）的短篇小说《猫人》（"Cat Person"）。从一开始，故事就很明显地聚焦于一位女性的个人约会经历：

玛格特是在秋季学期末的一个周三晚上认识罗伯特的。当时她正在市中心一家艺术电影院的售票处工作，罗伯特走进来买了一大桶爆米花和一瓶红葡萄酒。

评论 □ "今夜月色很美"——谈东亚的叙事传统

该小说让我想起中国作家张爱玲在1943年发表的名篇《封锁》，后者处理的是一个非常相似的主题——爱情是自恋与自怜之间的拉锯战，是女性对所爱之人的想象和杜撰。张爱玲的故事开篇可谓是那一刻都市人的全景图，这与《猫人》简洁的开篇相比可能显得有些笨拙：

开电车的人开电车。在大太阳底下，电车轨道像两条光莹莹的，水里钻出来的曲蟮，抽长了，又缩短了；抽长了，又缩短了，就这么样往前移——柔滑的，老长老长的曲蟮，没有完，没有完……开电车的人眼睛钉住了这两条蠕蠕的车轨，然而他不发疯。

如果不碰到封锁，电车的进行是永远不会断的。封锁了。摇铃了。"叮玲玲玲玲玲，"每一个"玲"字是冷冷的一小点，一点一点连成了一条虚线，切断了时间与空间。

电车停了，马路上的人却开始奔跑，在街的左面的人们奔到街的右面，在右面的人们奔到左面。商店一律的沙啦啦拉上铁门。女太太们发狂一般扯动铁栅栏，叫道："让我们进来一会儿！我这儿有孩子哪，有年纪大的人！"然而门还是关得紧腾腾的。铁门里的人和铁门外的人眼睁睁对看着，互相惧怕着。

电车里的人相当镇静。他们有座位可坐，虽然设备简陋一点，和多数乘客的家里的情形比较起来，还是略胜一

等……[1]

张爱玲会继续给电车上几乎所有的乘客画速写。主要人物吴翠远和吕宗桢一直要到七个段落之后才徐徐出场。这些看似多余的描写实际上延伸了主题。故事发生在上海的日据时期,当时日本当局经常封路,搜捕地下抗日分子,因此被称为"封锁"。就在这短暂的时间里,在这辆暂时停驶的电车上,两个陌生人因为无聊而开始调情,甚至以为他们相爱了。张爱玲不仅勾勒了女性在一段恋情开始时的焦虑惶恐,也展现了人性中自私和冷漠的一面——即使战争也无法让人生出同情心。如果没有这个精心设计如舞台帷幕一般的开头,小说的主旨将显得过于狭小,难以在中国现代文学之林中立足。

日本明治时期杰出的小说家夏目漱石有一段佳话:他曾教导学生,"我爱你"如果译成日语,至多是"今夜月色很美"。东亚叙事非常强调主题的丰富多义,这可能也源于我们独特的交流方式,在这种交流方式中,"拐弯抹角"十分常见,人们借此避免可能的冲突和尴尬。我们的叙事中也蕴含着类似的文化寓意,以疏导我们的情绪,但西方读者往往无法解读,感到困惑甚至厌烦。

---

[1] 参见张爱玲著:《倾城之恋》,北京十月文艺出版社,2019年。

评论 □ "今夜月色很美"——谈东亚的叙事传统

1968年诺贝尔文学奖得主川端康成早期代表作《伊豆的舞女》的英译就是一个鲜明的例子。令人诧异的是，爱德华·赛登施蒂克（Edward Seidensticker）的英译本一开始是以大幅删节的形式出现的。《伊豆的舞女》以杂糅优雅的回忆与抒情，讲述了一个高中男生与一位年轻的旅行表演者的浪漫邂逅。小说很难被归入西方"爱情故事"的范畴，因为故事中从未发生过任何戏剧性的情节。最接近亲密关系的两个时刻或许是舞女称呼少年为"一个非常好的人"，以及她最后来港口为少年送行。没有亲吻，没有拥抱，甚至没有真正的道别语——他们只是一直相互凝视，向对方挥手致意。仔细研读删减版后，我感到很遗憾，小说原文中最闪光的细节都被"裁剪"掉了。

原著开篇，少年在茶馆偶遇一位老人。这个场景令人汗毛直竖：老人多年前中风，全身青肿，活像被淹死的人。他周身堆放着如山般的泛黄信件和发霉的药袋——他向每位到访的旅客询问可能治愈他疾病的药方。少年用冷漠的语气将老人形容为"山中的怪物"，并说他不敢相信这样的人还能活着。

在结尾部分，有一个与此呼应的场景。当少年登上回程的船时，一个看起来像矿工的陌生人请他护送一位老妇人前往目的地。她的儿子和儿媳意外身亡后，留下三个年幼的孙孩。老妇人两手各拖着一个女孩，背上还背着一个吃奶的婴儿,"眼神空洞而凄苦"。少年答应帮忙。

在中文世界,我们有个专门的术语来指代那些看似无关的细节,即"闲笔"。我们认为,最优秀的作家并不是那些用一气呵成的故事展现精湛技艺的人,而是那些能够不费吹灰之力地在这里或那里添加点睛之笔,以此延伸和强化故事内涵的人。在川端的作品中,这两个场景对于叙述者的自我意识至关重要。故事一开始,少年虽然出生在东京的一个优越家庭,却在幼年失去了双亲。他对这一悲剧耿耿于怀,变得愤世嫉俗、冷酷无情(他称自己为"厌世者")。我们无法从他对老病号的观察中感受到丝毫的怜悯。但是,对伊豆舞女的爱却逐渐将少年与底层人民、与之前可能和他的生活毫不相干的普通人联系在一起。从舞者的家庭中,他意识到大多数人都曾遭受、正在遭受,并且即将遭受比他更多的苦难(舞者的哥哥荣吉在演出途中失去了第二个孩子;伊豆的舞女可能也避免不了卖淫的未来)。少年因而明白人类的苦难是普遍的,也是命运的一部分。与此同时,荣吉一家的开朗和善良也感动着他,影响着他,唤醒了他奉献和爱的能力。

我不知道海面什么时候昏沉下来。网代和热海已经闪耀着灯光。我的肌肤感到一股凉意,肚子也有点饿了。少年给我打开竹叶包的食物。我忘了这是人家的东西,把紫菜饭团抓起来就吃。吃罢，钻进了少年学生的斗篷里，生出一股美好而空虚的情绪，无论别人多么亲切地对待我，我都非常自然地接受了。[1]

小说尾声时主人公重新与人亲近，这是未曾遇见伊豆舞女时的少年本人也难以想象的变化。

在原著中，老妇人再次被提及——她的作用就像是对主人公同情心的考验，从而证实了他的成熟。这一最终的自我反思在英译本中也因为"重复"之嫌被删除。

明早我将带着老婆子到上野站去买前往水户的车票，这也是完全应该做的事。我感到一切的一切都融为一体了。[2]

马克·莫里斯（Mark Morris）在他的书评《孤儿》（"Orphans"）中指出，《伊豆的舞女》是一部关于"净化"（purification）的作品："通过对成年女性性欲的消解，并以几乎不可能的贞洁的缺位取而代之，这种叙事视角让人感到近似欢愉的解脱。"当英译本删去了这些看似无关紧要的闲笔，西方读者很可能想当然地认为日本文化或东亚

---

[1] 参见[日]川端康成著，叶渭渠译：《伊豆的舞女》，浙江人民出版社，2023年。
[2] 同上。

文化对女性贞操的痴迷，以至于到了病态的程度。但川端仔细地将舞女的纯真与人类的善良和同情、少年本人的浪漫情怀，以及他与普通人的生活之间建立了联系。在此，"性"并不是那个西方的概念，它并不标志少年的独立，也不标志他要离开父母，开始自己的生活。川端的用意恰恰相反，"性"将一个人从自我陶醉中解救出来，使他参与到更大的社会图景之中，融入他的同胞。在东亚语境中，"纯爱"的概念教导我们给予和关怀，无意赢得或索取回报。

"今夜月色很美"，这句话传达了真挚的情感，不仅因为说这句话的人单纯害羞，还因为他们表达了对所爱之人的感激——正是因为和所爱的人在一起，他们才得以发现生活如此美好。

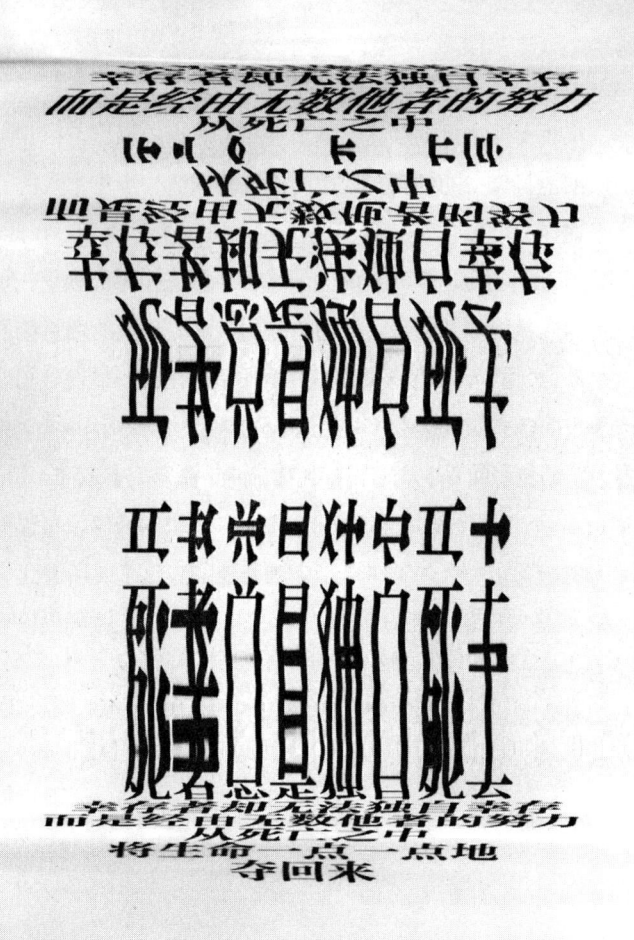

瞿瑞

死者总是独自死去,
幸存者却无法独自幸存,而是经由无数他者的努力,
从死亡之中将生命一点一点地夺回来。

哦，水丸

撰文 默音

评论 □ 哦，水丸

谨以此文献给只从插画和文章中熟识的安西水丸。

许多中国读者是从村上春树的书中认识安西水丸这个名字。笔法稚拙犹如儿童画的插画家，和村上合作了九本书。如果再多读些村上的随笔，便会发现，安西水丸原名渡边升，《挪威的森林》的主人公"ワタナベ君"（原文没有汉字，中文版译作"渡边君"），很明显是借用了水丸的姓。不仅如此，村上的短篇中不止一次出现过叫作渡边升或是名字发音相同的人，到了长篇《奇鸟行状录》，有一个重要的角色名为"綿谷ノボル"（中文版译作绵谷升，发音同渡边升）。关于水丸与村上，待后文详叙。

安西水丸对自己的定义是插画家，事实上，他有着可以说是全方位的职业发展。除了画插画，他还做书籍装帧设计，画四格漫画和绘本，写小说和散文，创作俳句。他创设了名为"咖喱部"（后改名为"香料俱乐部"）的酒局，每月聚一回，和七八名新旧酒友就着咖喱喝日本酒，谈天说地。聊高兴了他便说，我给你画个什么吧。新加入的酒友们以为不过是场面话，谁能想到事后他果然履约，音乐人河野丈洋就是这样收到了水丸做的CD封面。水丸去世后，河野丈洋的妻子、作家角田光代在文章中提及这段从酒局延伸的往事，"我明白了，社交辞令对水丸来说也是不帅气的。没打算的事，他就不会说出口，说出口的事，就要做到"。

在日本插画界堪称大腕的水丸，是个"最讨厌不帅气"的人。

2014年3月，安西水丸在工作室突发脑溢血逝世，再过四个月他便七十二岁了。工作到最后一刻，对于水丸来说，应该算是一种幸福。

从渡边升到安西水丸

安西水丸的自画像是永恒的大叔模样，中分头，下巴散落着胡茬。生活中的他戴惠灵顿眼镜，常穿李维斯牛仔裤，下雨天总是携带昂贵的英国雨伞，很难从外形判断其职业，据说常被人以为是医生或作家。后者倒也猜对了一半。

他并非从一开始就是安西水丸。

评论 □ 哦，水丸

渡边升1942年生于东京，父亲在赤坂有家建筑设计事务所。家里一共七个孩子，升是老幺。除了最年长的哥哥，中间五个是姐姐。升出生那年，父亲被派去千叶海岸，为军方设计炮击掩体壕，兼任现场监理。施工现场突发火药爆炸，事故导致众多伤亡，父亲幸运地活下来，但从此身体变得虚弱。升三岁那年，父亲死于肺结核。

升自小是个羸弱的孩子，为了给他养身体，母亲单独带着他回到娘家千仓。那是个海边的小镇，位于房总半岛的南部（现已合并入南方总市）。升小时候，火车从东京市区到千仓需要五个小时。对于东京人来说，房总半岛是适合度假又不太远的海边。夏目漱石年轻时曾在此徒步，森鸥外的别墅位于交通相对便利的大原，也就是千仓往北六十多公里的海边。

体弱的孩子似乎是自然而然地拿起画笔。升的童年记忆中，自己要么生病躺倒，要么画画，或是在屋旁的樱树和院外的大树之间拉张吊床，躺在上面看书。他把这些日常都画了下来，还包括乡下浴桶的细节。从按压式的水井中取水，通过一根长管子送进烧柴的浴桶。

乡下没有美术馆，接触不到一流的画，但升遇见了"一流的海"。千仓的海绝非静谧，时常显得狂暴，蓝得发黑的海面上白浪迭起，海边耸立着粗粝的岩石。小时候常下海玩耍的升，多年后带着年幼的女儿薰重访故乡的海，父女俩一前一后攀过高高低低的岩石，找合适的位置进到海里。女儿长大后意识到，那片海域对孩子来说并不安全，奇异的是她小时候全然不知害怕，因为和父亲在一起。

千仓的海，住在那里的母亲和升。童年近似单亲家庭的记忆风景烙印在皮肤深处。等到渡边升成为安西水丸，记忆被凝缩为他的作品中永恒的母题。插画、小说、散文、漫画、俳句，一切都是从那个看遍海边寂寥风景的孤独少年的眼眸出发，又回归海边。

另一个从小扎根的主题是对历史的爱好。升的祖母和父亲都喜欢历史，他也许是受此影响。小学时期的升的素描本上，除了人猿泰山、人体骨骼和肌肉素描，还有许多在电影和书里看过的历史人物，例如拿着武士刀的近藤勇。他创作了关于"七本枪"的连环画，在班级里一时间很流行。故事纯属虚构，讲述关原合战之后，西军流散的七名枪术高手与德川幕府敌对的故事。

升念的是当地的七浦小学和七浦中学。对于儿子从小痴迷画画，母亲是反对的，觉得那是无用的玩意儿。当升身体不适，母亲会纵容他和自己睡一个被窝，却从未有过溺爱。母亲的口头禅是，人要表里如一。

第一次知道"插画"（illustration）这个词，是在初中。萩原朔太郎的诗集《蓝猫》是一本很美的书，书里有六张木刻版画的插画，扉页印有"6 illustrations"。

评论 □ 哦，水丸

原来这就是插画，我也想做这样的工作。少年升想道。

1958年，升十六岁，回到东京赤坂的家，就读日本大学附属高中。

彼时的东京尚未呈现出后来村上春树小说中"高度发达资本主义"的图景。升的母亲和姐姐们日常穿和服，他有时跟着去店里买穿木屐用的两趾布袜。人们的交通工具除了慢悠悠的路面电车（都电）和公交车，主要还是靠双脚。升的城市记忆也建立在步行上。赤坂位于中心城区，往东是银座，往西南则是六本木。彼时，西麻布还未发展成将在日剧中频频出镜的高档社区，他有朋友住在那里，去玩时发现，朋友家和邻居共用一口压泵水井。

升是个热衷于集邮的高中生，周末在涩谷看电影，然后在东横百货店（现在的东急东横）的邮票柜台花光了所有的钱，只能走回赤坂。当时的青山大道十分寂寥，夜晚还能看到蝙蝠。

为了考东京艺术大学，高三的春天，升开始在御茶水的素描研究所上课。素描研究所的墙上挂着艺大录取者的素描，看到那些画的瞬间，他放弃了报考艺大的打算。多年后，他作为安西水丸回顾小时候的画，认为整个高中阶段的画最无聊，专业训练反而阻碍了自然的表达。

升最终考入日本大学艺术学院美术系。由于母亲的要求,他同时还在千驮谷一所夜校念室内设计。比升年长十五岁的哥哥继承了父亲的事业,母亲想让小儿子作为哥哥的后备。升认为自己毫无建筑方面的才能。夜校值得一提的回忆,是遇到一个让他心动的女孩。女孩总是背着红色布包,话不多,唯有谈起喜欢的书、电影和戏剧,会说个不停。升后来才知道她比自己年长一岁,已经工作。为了讨女孩的欢心,他开始读萨特和加缪等人的书。女孩借给他五卷本的《蒂博一家》,他努力读了,怎么也无法理解个中妙处。之后的某次聊天,她忽然说,你根本没有认真读吧?升脸色发白,硬着头皮向她借了重读。

多年后,水丸在随笔中写道:"我的阅读是从虚荣开始的。我到现在都不理解文学。更进一步说,我也不理解艺术。"

热爱《蒂博一家》的女孩最终成了风景画家,对外的名字是岸田真澄(岸田ますみ)。岸田的风景画有种削去了外物的静谧,对于熟悉水丸插画的人来说,她对地平线的处理有几分似曾相识。

很少有人知道,岸田真澄是安西水丸的妻子。他们是一对行事低调的夫妻。

大学时代,升读了平凡社出的《世界美术全集》,邂逅了美国画家本·夏恩(Ben Shahn)。夏恩的作品中,他尤其喜欢《死在海边》(*Death on the Beach*)。铺满碎石的

评论 □ 哦,水丸

海滩上,黑人青年的后脑勺,殷红的血痕,死后一段时间已变成绿色的手指。那幅画除了巨大的死亡特有的冲击感,还在观者心头撩起无法言说的寂寥。

在当时,书店里很少有专门的插画书籍,升学习和收藏插画的途径是购买唱片,在他看来,20世纪60年代的唱片封面设计"不多也不少"。很自然地,他注意到了戴维·斯通·马丁(David Stone Martin),一位深受夏恩影响的插画家。他后来经历多次搬家,一直把马丁绘制封面的奥斯卡·彼得森(Oscar Peterson)的《四重奏》(*Quartet*),以及莱奥内尔·汉普顿(Lionel Hampton)的四重奏唱片留在手边。

升进而研究了受到马丁影响的插画家,发现就连某个时期的安迪·沃霍尔也是马丁一脉,例如沃霍尔为肯尼·伯勒尔(Kenny Burrell)的《蓝光》(*Blue Lights*)第一辑做的封面。这一点在沃霍尔的各种传记中并未提及,升不由得有种隐秘的得意。

对民艺的兴趣也是从大学时期开始的,他常去银座的"匠"(たくみ)张望。创立于1933年的"匠",发起人是柳宗悦、滨田庄司、志贺直哉等,一串响亮的名字。1955年被评为"人间国宝"的滨田庄司是益子烧的大师,在柳宗悦过世后就任日本民艺馆馆长。升特地去栃木县益子町拜访滨田,成为上班族后,有了闲钱,更是每天午餐时间都去"匠"逛一圈。他喜欢在观看物件的时候想好用途，这个适合放泡菜，那个适合做烟灰缸。在他看来，物件除了美，更重要的是可以成为日常的一部分。

到了大学三年级，升在神田桥一间只有五个人的广告设计公司工作，其间一度考虑过退学，不知怎的还是念到了毕业。他的毕业作品有两件，和另外两个同学合作的宣传板《健康诊断书的新提案》（健康診断書に対する新しい提案），个人作品则是图文书《十一罗汉》，后者改编自1960年的美国电影 *Ocean's Eleven*，插画是典型的夏恩风格。两件作品都上了杂志。

1965年，东京奥林匹克结束后的一年，二十三岁的升进入知名广告公司电通，并结了婚。

彼时电通尚未从银座搬到筑地，升仍在熟悉的区域活动。因为入职的英文笔试考了满分，他被分配到国际广告制作室，主要负责日本企业在海外杂志上的广告。后来他回忆说："这让我深感偶然的可怕。"部门有七名设计师、七名文案。文案都是美国人，开会全用英语。升的听说能力不足，经常云里雾里，一个月不到就想辞职。

让他留下来的是五十多岁的上司，诺门罕战役的生还者。上司英语流利，在公司有个情人。有时那两位带着年轻的升一道吃饭，堪称奇妙的饭局。和升一样是历史迷的

评论 □ 哦，水丸

上司在饭局上必定大谈战国史，让年轻人听得入迷。也是因此，升没有递交辞呈。艰难度日的时期，对升来说，去羽田机场接外国客户是难得的放风机会。他举着写有对方名字的B5大小的厚纸，待对方走近问，"Dentsu（电通）？"。他答，"Welcome!"。那是仅有的交流。

必须提及，荒木经惟比他早两年入职，担任摄影师。后来他们一起做过东京海上火灾保险的海报。

在电通工作期间，升一有闲暇便去看电影。就是在那时他看了罗伯特·奥尔德里奇（Robert Aldrich）导演的《凤凰劫》（*The Flight of the Phoenix*），深受感动。随着时代的变迁，他一次次买各种形式的该电影的影碟，反复看了超过十遍。电影里，只设计过模型飞机的设计师主导重造坠落的飞机，并反驳质疑："模型飞机是自己飞的，没有飞行员操纵平衡度，因此它的造型，远比你所谓的真飞机要强得多。"设计师的台词长久地留在升的心中。成为水丸之后，他说，那也是自己工作的核心——在某种意义上，插画比真更真。

工作第二年，他在井之头五丁目买了房子。选择该地段的原因是附近有井之头公园的杂树林。在电通的工作只持续了两年，他想看看外面的世界，在二十七岁和妻子一起去了美国。新工作是在一间设计工作室打杂，每天忙着作图。美国生活带给他最深的烙印，一个是接触到民间艺术（folk art），另外就是在纽约现代艺术美术馆（MoMA）看到了布拉塞（Brassaï）和沃克·埃文斯（Walker Evans）的摄影作品。

"出门靠朋友"

1971年，二十九岁的升回到日本。整个夏天，他待在朋友免费出借的日本桥一座大楼的地下室，打算做自由职业，但没接到什么活儿。合用地下室的自由撰稿人是个竹久梦二画中人风格的美女，他帮那位撰稿人接电话，或是外出跑腿买冰激凌。存的钱很快花光了。偶然在报纸上看到平凡社的招聘广告，前去应聘。面试的设计题是太宰治的小说广告，他把《人间失格》和"地狱画"重叠在画面上，自觉是个不错的创意。

就这样，他进入平凡社的艺术书籍部门担任美术总监，先是做了《儿童世界百科》的设计。他感到，书籍装帧的工作有点像陶艺，设计师拿到印好的书，就像陶艺家终于面对烧好的陶器。

平凡社对于他的意义，最重要的是邂逅了有趣的同事。

和升同样生于1942年的岚山光三郎，早在1965年就开始在平凡社工作。编辑部以怪人众多而知名。岚山担任《别册太阳》《太阳》的主编，和檀一雄、涩泽龙彦等人

评论 □ 哦，水丸

相熟。他最尊敬并且当作老师的，是《楢山节考》的作者深泽七郎。

岚山对升的第一印象，是"从纽约直接进口，闪闪发亮的二十九岁"。那会儿岚山和搞戏剧的唐十郎关系很好，每天喝廉价酒喝到烂醉。看到沉静又有种说不出的冷淡感的升，他忍不住就要喊上对方一起吃喝玩乐。

升开始画插画，差不多就是在他三十岁的时候。从事广告设计和书籍装帧的审美融入了他的插画，形成单纯又强烈的设计感。有人评价说，那是一种"清凉感"。不过，关于如何开始画插画的契机，或是这时期画了什么，目前未见相关资料。可以确定的是，岚山和一众酒友多少促使他走上了插画道路。三十岁开始画插画，在日本算是很晚的。升本人则庆幸晚成："没有哪个国家像日本这样，年轻插画家辈出。这些年轻插画家有多少能剩下呢？剩下的只有很少一撮，其他都成了一次性的水笔。"

1974年，在岚山光三郎的建议下，三十二岁的升以安西水丸的笔名在漫画杂志 *GARO*（日语：ガロ）画起了漫画。这个将伴随他一生的笔名正来自岚山的建议。"最好从'あ'（a）开始，人生下来发的第一个音也是'あ'。"

升想起祖母的老家在安西，便以此作为姓，然后选了自己最喜欢的"水"字，加个圈——老家的屋檐下绘有这个标志，意思是防火消灾——从此便有了"安西水丸"。

060

*GARO*在1964年由青林堂创刊，主创是编辑长井胜一和漫画家白土三平，刊名"ガロ"意为"我路"，来自白土笔下的漫画人物。最初阵容单薄，靠水木茂和白土三平以多个笔名画好几部作品支撑。办杂志主要是为了刊登白土三平的《卡姆依传》（カムイ伝），该作品以江户时代架空的某藩作为背景，几个青年主人公分别是武士、农民和非人（贱民）。《卡姆依传》在*GARO*连载的第一部到1971年才完结，几乎是以一己之力挑起了刊物的七年。顺便提及，手冢治虫正是为了和这部作品对抗，才开始创作《火鸟》（火の鳥）。目前，市面上的《卡姆依传》有第一部和第二部，还有外传，这一浩大的体系随着白土三平于2021年去世而画上句点。

　　《卡姆依传》第一部的连载结束后（第二部于1982—1987年连载于小学馆的*BIG COMIC*），在年轻编辑们的提倡下，*GARO*开始向亚文化倾斜。风格的转变未能带动销量，进入20世纪80年代，一度开不出稿费。尽管如此，在年轻读者尤其是知识圈当中，杂志的口碑很好，也有不少年轻作者期待从该刊起步。到了80年代末，由于软件公司Zeit的创办人山中润的介入，*GARO*有过短暂的复兴，在此不做赘述。

　　总之，安西水丸开始在*GARO*连载漫画的年头，青林堂没有给他稿费。据说只有经济特别困窘的作者能得到一

评论 □ 哦，水丸

页500日元的稿费。水丸的《青之时代》每年连载三次，每次十六页，刊载了三年。这是部自传性的漫画，讲述千仓海边的少年生活。其强烈的个人风格和忧郁气质吸引了一批持续购买GARO的读者。

1975年，三十三岁的水丸办了第一次个展，《GARO原画展》。翌年，他开始使用潘通色纸，该创作手法后来一直延续下去。

潘通色纸是根据潘通色制作的彩色透明纸，现已停产。水丸的画法是，首先查资料，决定要画的主题，用签字笔画草图。正式画的时候不打草稿，直接用蘸水笔蘸百利金黑墨水画。在画好的线稿上，计划涂黑的部分贴黑色潘通色纸，覆膜。然后把需要上色的部分贴上彩色纸，用美工刀切出形状。切的时候故意做出少许留白或冗余，最后用笔加阴影。

如果这样的叙述不足以让你想象实际完成的画面，不妨找本《村上朝日堂》看看，里面的插画都是这样用水笔、潘通色纸和美工刀创作出来的。

这一年，水丸与岚山开始合作漫画《中产阶级之友》（チューサン階級ノトモ），在《宝岛》连载。之后由水丸独自创作的《普通人》（普通の人）也延续了类似的风格。那是一部几乎没有情节的漫画，每篇讲一个普通人早上的日常。

水丸曾自述其创作的出发点,"我一直想要画普通人,原本我就对漫画的搞笑和起承转合不感兴趣……在电车里瞥一眼吊带装广告然后点头的大叔,目光悄然扫过年轻女孩腿部的中年上班族,关注自己映在车窗上的发型的OL,都是普普通通的,可是谁也没注意到背后潜藏着诡秘的疯狂"。

1976年创作的《皮基与波基》(ピッキーとポッキー),最初是水丸和岚山为了两家的孩子合作的绘本。主人公是两只兔子,分别穿蓝色背带裤和红色背带裙。水丸将手绘的原书带去福音馆书店,对方当场决定出版。岚山得知时非常惊讶,虽然他作为写作者已经出了好些书,但都是熟人朋友的委托。他第一次感到,水丸和看似冷淡的外表不同,居然深具推广的才能。该系列出了后续《皮基与波基去海边》(ピッキーとポッキーのかいすいよく)等,两只兔子风靡多年,卖了70多万册。

也许是画兔子之后对儿童绘本有了兴趣,1987年,水丸独立制作了《咣当咣当,火车开了》(がたん　ごとん　がたん　ごとん)。这本关于火车的绘本是为幼儿做的,在成年人看来有些不知所云。黑乎乎的火车"咣当咣当"地驶过,奶瓶、勺子等纷纷上车。父母或许无法理解个中妙处,销量则证明,幼儿们与水丸有着奇妙的联通。

插画的工作逐渐上了正轨,水丸在1981年从平凡社辞职，成立个人事务所。同年，平凡社的百科全书销量下滑，建议员工自主离职。240人当中有80名辞职，岚山也在其中。岚山和朋友成立了名为青人社的小出版社，水丸及村上春树等人在各自的领域支持了青人社的工作。

水丸作为插画家不断迈进的若干年，岚山继续当编辑，同时写他擅长的美食散文和文人故事。2006年，他以《恶党芭蕉》获泉镜花文学奖，2007年获读卖文学奖。岚山的《素人庖丁记》《听见口哨的歌声》等书，是水丸一手打造的封面。

两人还一道写起了俳句。俳人得有俳号，爱取名的岚山给水丸取了别号"青山雪舟"。青山是水丸工作室的所在，雪舟则是岚山的玩笑。"室町时代的雪舟的画太美，无法模仿，而水丸的画太拙劣，也无法模仿"，水丸自己常用的俳号是"水梦"。

富士电视台1989年的纪录片《新纽约客》（新NY者）第十八集，名为《兰亭 水梦 前往雪天的曼哈顿》（蘭亭 水夢 雪のマンハッタンを行く）。"兰亭"是岚山光三郎的俳号。两人在水丸曾经生活和居住的曼哈顿街头徜徉，吟俳句。来到旧居前，水丸说，这房间像浓厚的3B铅笔。岚山说，水丸的俳句背后，总好像有女人的影子。

大约从1999年起，岚山和水丸每年合作俳句日历，印刷后分送熟人，后来GARO主编南伸坊也加入创作。每个月的页面由一人独立制作,一句俳句配一幅小画。其实岚山很会画画,以前两人合作绘本,他把创意用草稿画出来,水丸在给编辑看之前故意擦掉,并开玩笑说,画得太好,怕编辑干脆就直接用了他的,不让我画。

2013年的《皮基与波基俳句绘本》(ピッキーとポッキーのはいくえほん),是岚山和水丸最后的合作项目。距第一本绘本三十七年。原本预定于2012年末出版,水丸迟迟没有画好。他仿佛辩解般说,三十多年来,我的画变好了,想要画出那种拙劣感,反而很难。

水丸去世后的2014年4月,岚山翻开俳句月历,正好是有"水梦"书画的一页,"比起等待,更难受的是让人等,春之月"。毛笔写下的俳句占据了画面的主体,右下角有轮不规整的鹅黄色月亮,一小方灰石。

在悼念水丸的文章中,岚山写道:"加缪说过,'意志也是一种孤独'。每当思考安西水丸与风景的关联之道,我总是想起这句话。他与风景的关联之道,是一个失去父亲的少年所拥有的坚定意志。"

水丸与村上春树

1980年,经编辑介绍,水丸认识了村上春树。前一年的四月,村上以《且听风吟》获群像新人文学奖。不过,

评论 □ 哦，水丸

这时的他尚未成为席卷日本乃至全世界的畅销书作家，仍在千驮谷站附近经营爵士酒吧"彼得猫"（Peter Cat）。这一年，他以《一九七三年的弹子球》分别入围芥川龙之介奖和野间文艺新人奖，终究与奖项擦肩。不难想象，村上是作为"写小说的酒吧老板"被介绍给水丸的。

在村上的店里，罐装啤酒和杯子一道上桌，顾客自己开罐倒了喝。酒吧里不时有老电影的放映会，客人们自得其所。

至于村上这边，早在 GARO 和《宝岛》时期，他就熟知水丸的作品。他极其喜爱《普通人》。不清楚是以什么契机，他向水丸提出借用"渡边"这个名字。总之，1987年的《挪威的森林》，主人公渡边如此描述自己——

普通人啊。生在普通家庭，长在普通家庭，一张普通的脸，普通的成绩，想普通的事情。

后来，村上给1993年的《普通人》（平成版）写了解说："《普通人》中的故事全是从早上的风景开始的。天亮了，人醒来，迷迷糊糊地起床。这一系列故事便从此开始。这个开头给人的印象很深，且有种象征性。我以为，早上刚起床的人大概是最没有防备、最漫不经心的……进一步说，早上刚醒来的人们没能变成虫子——卡夫卡《变形记》的主人公。他们没有变成虫,作为一个'普通的'人,又一天,不得不以重复生产的方式继续填充自己被分配的任务。"

先回到两人刚结识的那些年。1981年,村上决心成为专业作家,将酒吧转让。1983年,他请水丸为新书绘制封面插画,书名是《去中国的小船》。

村上之前的书,从《且听风吟》《一九七三年的弹子球》,到1982年的《寻羊冒险记》,都由佐佐木真希绘制插图。这位漫画家、插画家和绘本作家生于1946年,曾就读于京都市立美术大学日本画系,因买不起画材中途辍学。佐佐木真希是笔名,来自"二战"期间法国的反抗组织Maquis。他在*GARO*的登场比水丸要早得多,1967年的《在天堂做的梦》(天国でみる夢)是相当前卫的消解了故事性的作品。村上在青少年时期就是*GARO*的读者,曾评论说,佐佐木的漫画让他懂得,当没有东西可表达时,人应该表达什么。

水丸注意到,佐佐木为村上画的封面由色块构成,没有描线。所以他去掉了自己的插画一贯以来标志性的描线。《去中国的小船》上半部分是白色,印了书名,下半部分是蓝色底色上的白盘子,里面有两个茶色的梨。加上阴影,一共七种颜色。深棕、浅棕、茶色、黄色、白色、天蓝、海蓝。蕴含了安定和不可思议的一幅画。白与蓝的分界既

评论 □ 哦，水丸

可看作是桌面，又是水丸作品中永恒的故乡的海平线。多年后仍有年轻插画师告诉安西，自己当初就是看到这个封面才决心投身插画界。

村上对封面常有自己的想法，但他很少给插画师具体的要求。水丸说，村上就像个特别巧妙的美术指导，会指引人走他想要的方向。

偶尔也会有明确的要求出现。对于1984年出版的《萤·烧仓房·其他短篇》(螢·納屋を焼く·その他の短編)，新潮社的编辑打来电话，请水丸手写书名。放下电话，水丸随手用签字笔将书名写成竖排三列，以他特有的右上角上挑的字。后来重写了许多遍，都不如最初的一幅，他便交了那一页。得知经过，村上开玩笑说，"真是笔好买卖"。

成书的封面是蓝白蓝的平行色块构图，书名位于视线主体的白色部分。同样由水丸手写的作者名"村上春树"浮在长椭圆形的草叶黄底色上，像一枚印章。到了1987年的文库本，水丸画了草坪、小屋和一株树，手写体书名不变，整体氛围因配画显得截然不同。2010年的新版换成了黑体字书名，在左上角横排成两行，白色封面右侧有一小株水丸画的铃兰。说起来，还是第一版的"手工感"让人印象最深。

出版社主动问水丸要不要出画册，他觉得很不好意思，先是拒绝了。后来对方又提了一次,说可以与人合著。水丸问了村上,便有了1983年的《象厂喜剧》(象工场のハッピーエンド)。两人拿出手头的未发表短稿和画,攒成一本书。图文并无对应关系,巧的是,水丸画过顺风威士忌——画面中是威士忌酒瓶,酒吧的火柴,核桃,烟灰缸——村上的旧稿中也有写这款威士忌的诗。

1984年6月到1986年5月间,光文社的女性杂志 *CLASSY* 连载了"村上朝日堂画报",由村上撰文,水丸配画。双开页的文章,然后是一幅跨页的画。24期连载结集成书,便是1986年的《朗格汉岛的午后》(原书名ランゲルハンス島の午後,如果直译则是《胰岛的午后》,村上玩了个文字游戏,将器官作为观念上的理想岛屿)。这本书里首次出现的"小确幸"一词,后来在中文世界成了频繁被媒体借用的流行词。有趣的是,当中国记者在采访日本作家中使用这个词时,对方几乎无一例外地面露茫然。

村上在此书的序言中提到了"水丸性",说是只要由安西水丸配画,"水丸性"就会渗透进自己的文章,"请您想象一下在舒心惬意的常去的酒吧吧台上给朋友写信的情景好了,那就是对于我的'安西水丸性'"。

其后,村上向水丸提出邀约,做一本有趣的走访工厂的书。1986年1月到8月,两人走访了七家工厂,由村上撰文,水丸配画,构成《日出国的工厂》。水丸回忆,"这本

评论 □ 哦，水丸

书最后访问的是新潟县中条町的假发工厂。结束后，我们到海边看海发呆。虽是夏天，盂兰盆节过后的海边杳无人迹，只有日本海的波涛声高高低低地响着"。

假发工厂在村上的小说中再现，要等到1994—1995年间陆续出版的《奇鸟行状录》。书中，邻居女孩笠原May打一份奇妙的工，为假发工厂统计马路上头发稀疏的男子。她从"我"的生活中消失后去了工厂，从那里写来长信。

1986年，在完成工厂走访后不久的10月，村上与妻子阳子一道去了希腊的斯佩查岛（Spetses），在那里翻译考特兰·布赖恩（C. D. B. Bryan）的《了不起的德格里费》（*The Great Dethriffe*），一部向《了不起的盖茨比》致敬的小说。11月搬到米科诺斯岛（Mykonos），他完成了翻译的最后部分，开始写《挪威的森林》。曾收在《萤·烧仓房·其他短篇》的《萤》，构成了新长篇的第二和第三章的底本。1987年，村上在西西里岛的巴勒莫（Palermo）和罗马继续写作，3月7日写完第一稿。当年9月，讲谈社以两卷本发行该书。第一卷红色，第二卷绿色，具有视觉冲击力的封面是村上本人的建议。从此，属于村上春树的时代潮流势不可挡。

另一方面，水丸与村上的合作平静无波地继续着。例如1995年由平凡社发行的《夜半蜘蛛猴》，封面的女子是《象厂喜剧》的封底人像。水丸在后记中提到，"所到之处她都大受欢迎，再次请其出场也是由于这本书的装帧设计师藤本靖君的希望，只是这次让她戴上了耳环"。在十多年前的封底仅用寥寥几笔勾勒出的她，白T恤，黑色对襟衫，唯一的色彩是红唇和蝴蝶结。新封面截掉了蝴蝶结，添加了红色耳钉，书名也用了同样鲜明的红。

两人还合作过关于猫的绘本《毛茸茸》、和歌纸牌《村上和歌纸牌 兔子美味法国人》（村上かるた うさぎおいしーフランス人），以及一系列"村上朝日堂"散文。水丸画笔下的村上很好辨认，平头，浓眉，豆子眼。表情的细微变化全靠眉毛表现。锻炼时的圆领白T恤，冬天的蓝色兜帽大衣，都是招牌式的村上春树。1999年，水丸还为 BRUTUS 杂志封面画了马拉松跑者村上。

水丸的人物画简洁又有神韵，却也有人说"不像"。一次，他向村上抱怨道："我开始在《电影旬报》连载和电影有关的内容，但我画的演员都不像，不好办啊。"

"哦，这样啊，"村上先沉吟片刻，然后说，"可是，水丸有个好伙伴，那就是箭头。"

真不知道是一本正经还是嘲讽。总之，水丸在文章中写道："那之后，箭头确实成了我强有力的伙伴。画上箭头，标上名字，再没什么好怕的。"

村上追悼水丸的文章，名为"明知已不在这里"，其中写道："我有种感觉，终究，水丸不仅仅是画画，从

评论 哦，水丸

最初到最后，他一直在用画的形式，表现叫作安西水丸的人。"

水丸与和田诚

还有一位与村上和水丸都密不可分的人，是和田诚。

生于1936年的和田诚曾为村上春树的《天黑以后》设计封面。2011年新潮社出版的《村上春树 杂文集》的封面与内文插画，乍看很难分清是和田还是水丸的作品，其实是二人的合作。和田同时也是位电影导演，其作品两次入选《电影旬报》十佳，在日本的跨界导演中拥有此成绩的仅有他一人。

水丸与和田诚，或者说与和田诚的作品的邂逅，早在他念高中的时候就开始了。从素描教室的小卖部买来的《平面元素》（グラフィックエレメント）一书中有和田诚画的现代爵士四重奏乐队（Modern Jazz Quartet），少年渡边升记住了作者的名字。等到渡边升成了插画师水丸，从前的偶像和田成了生活中经常碰面吃喝的朋友，可说是某种如愿以偿。

2001年，两人首次做了联展。《无创意》（"NO IDEA"）的每幅作品由两人共同完成，连标题都是一人写一个字。合作有点像下棋，先手画在左边，后手在右边继续，各画十一幅，然后交换，共计二十二幅画。因为是随心的创作，如果第二个人画坏了，就要请先画的人重画，怀着微妙的紧张感，居然从来没有失手。

那之后，联展成了一种习惯。2005年的《桌上》("ON THE TABEL")的主题是小摆件。2007年的《谚语大战》（ことわざバトル）取材自谚语，如"月与鳖"，翻译成中文就是"云泥之差"。左边的月牙和墨黑的小山，署名mizu，是水丸画的，右边从池塘跃出的鳖，则是wada（和田诚）所作，画面谐趣，让人忘了成语本身的含义。

2008年起，似乎是懒得取新名字，展览从此一直就叫"AD-LIB"。联展持续举办到2014年，其间诞生了超过两百幅作品。水丸说，这是我成为插画家以来最高兴的事。展览的画作加上散文，演变成两人合著的几册书，其中有一册《青豆豆腐》（青豆とうふ），是村上春树帮忙取的名字。村上长篇《1Q84》的女主角叫作"青豆"，则是后来的回响。

原定于2014年5月举行的"AD-LIB⑦"，因水丸逝世，几近中止。最后和田诚一个人画了十三幅。先在画面左侧根据标题按自己一贯的风格创作，然后对着右侧的空白想，如果是水丸会这么画吧，揣测着动笔。这是最后的"二人联展"。

同样在2014年，由新潮社发行的《塞隆尼斯·蒙克

评论 哦，水丸

的风景》(セロニアス・モンクのいた風景)，是一部由村上编译的关于美国爵士乐钢琴家蒙克（Thelonious Sphere Monk）的杂文集。原本预定由安西水丸画封面，因水丸过世，由和田诚接手。说来奇妙，水丸曾和蒙克有过一面之缘，他住在纽约期间，在一家爵士酒吧遇见蒙克，递了一支烟过去。他对很多相熟的朋友讲过这件事的细节。递的烟是喜力（hi-lite），蓝色包装上印有白色字样，上方有黑线构成的"米"字形放射图案。巧的是，香烟包装的设计者正是年轻时代的和田诚。

实际成书的封面是一幅温馨的淡色画。蒙克从钢琴台下来，坐在桌边的安西水丸递给他一支烟。封底是水丸早年画的蒙克弹钢琴的背影，熟悉的箭头指向背对观众的大师嘴边的烟，写着"ハイライト"（hi-lite）。

和田诚于2019年去世。

插画之外的水丸

对于大多数人来说，提到安西水丸，脑海中首先浮现的，是那些乍看孩子气的画。插画家的作品究竟能留存多久呢？书籍作为承载的实体，有时比其他形式要长久。大阪帝国饭店的飞翔番茄咖啡馆（Flying Tomato Café），从墙壁的巨幅画到器皿，遍布水丸的画作。遗憾的是，该店铺在2018年1月结束营业。

如前所述,水丸还创作了大量的插画之外的作品。他对自己置身的风景有着格外清晰的记忆。1982年的漫画《东京哀歌》(東京エレジー),记录了他回到东京念高中的昭和三十年代(1955—1965年)。昭和三十三年也就是1958年,东京塔落成。那时的日本刚摆脱战后的贫苦,开始稳步前进,人与人之间的贫富差距不明显。电视与电车成了围绕少年渡边升的事物,可口可乐、骆驼香烟,属于现代的摩登产品闪现在漫画中。

1989年的第一部长篇小说《朱顶红》(アマリリス),是曼哈顿旅居时代的映照。1993年的《荒凉的海边》(荒れた海辺)是自传性的小说,水丸说那是漫画《青之时代》的小说版。

水丸的小说如今几近绝版,只有一些粉丝在追读,其实在出版当时还是受到了一定的业界好评。1989年的《70%的蓝天》(70パーセントの青空)曾入围吉川英治文学新人奖,那一年共同入围的有东野圭吾的《鸟人计划》,获奖作品是小杉健治的《奔过土俵的杀意》(土俵を走る殺意)。水丸后来写道:"入围让我相当窘迫。听说落选,不由得松了口气。"

水丸的散文,越读越有韵味。1987年,四十五岁的水丸出版了第一部散文集,《蓝墨水的东京地图》(青インクの

評論 □ 哦，水丸

東京地圖），是在《小说现代》连载专栏的结集。这本书可以说是昭和时代或者说国铁时代最后的东京风景的再现。1987年4月，国铁分割民营化，变成七家"JR"公司。1989年，年号转为平成。

在水丸的笔下，庞杂的历史知识与个人记忆奇妙地融为一体。东京不仅是20世纪80年代的繁华都市，更是从幕府时期开始填埋造地的逐梦之城，有趣的人物在此地竞相登场。例如"冬之町"一章，少年渡边升去看望小学时代的老师，在江东区走过鹤步桥。桥的名字源自江户时代的平野甚四郎忠重，那是附近几个町的填埋开发商，俳号"鹤步"。接下来笔锋一转，当时与渡边家的设计公司有合作的木匠住在江东区的长屋，升到东京时，偶尔被木匠带去江东区玩。木匠家楼上住着对小夫妻，丈夫在电话局工作，妻子"有张狐狸般的脸"。升一个人在木匠家的时候，很怕她从楼上下来。

难怪岚山说水丸的俳句总是有女人的影子，读散文也可见端倪。大学时代，升去教三弦的婶婶家玩，有个来学艺的餐馆女招待每次给他带热乎乎的鲷鱼烧。她半开玩笑半认真地声称，你再偷看我学艺，我就变成鹤飞走。那是个纤细的、适合穿和服的女子，像莫迪利亚尼（Amedeo Modigliani）的画中人。东京奥林匹克之后，她不知所终。

文中有太多的别离，也有太多的死亡。一个个人物出现又消失。描写并不刻意，就像他的画，只是记录那种"真"。

把自行车取名为"义仲"（源义仲，日本平安时代末期著名的武将）的水丸，随着年龄渐长，对历史的兴趣也越发浓厚，这一点也体现在他的随笔中。从2010到2014年，他在推理小说杂志《ALL读物》连载"慢悠漫游城下町"专栏。

城下町是古代日本特有的城的格式。其他国家的古城一般由城墙围合而成，在日本，最早只有领主的居住区域（本丸和二丸等）被城墙和壕沟围绕，外围的居民区叫作"城下町"。到了后来，才渐渐出现整个城拥有城墙的构造。大多数历史爱好者喜欢走访作为大名（领主）权力象征的天守阁，水丸却偏爱探究城下町的规划和细节，认为"天守阁只能算是木匠活"。

他的好友当中有矶田道史，古文献的专家，其最有名的作品是《武士的家庭账簿"加贺藩会计"的幕末维新》（武士の家計簿「加賀藩御算用者」の幕末維新），于2010年被改编成电影《武士的家用账》。水丸过世后，《慢悠漫游城下町》作为遗作出版，矶田评价道，"这个国家并没有多少头脑具有写这些文章的才能。历史的专业人士会立即懂得，这本书并不寻常。如果以为只是一个喜欢历史的

评论 □ 哦，水丸

插画家凭兴趣写的连载，就大错特错了。过去也只有司马辽太郎的《街道漫步》（街道をゆく）能做到这样"。

矶田同时也不无痛惜地坦承，连载期间，比起追看文章，他更爱听水丸本人在酒局讲各个城下町的探访经历。做听众比做读者更愉快。

因为，那是活生生的水丸。

水丸爱喝酒，尤其爱日本酒，在文章里写过："人活着是否饮酒，二者需取其一，最好尽早做出决断。"他喜欢新潟的"〆张鹤"清酒，这也是池波正太郎的爱物。日本酒的饮客多用小杯子喝，水丸常用喝水的玻璃杯，偶尔也用陶碗，是豪爽的喝法。他还喜欢下大雨或是雪天跑到高架桥下的小馆子去喝酒。

最爱的食物是咖喱饭，甚至说过"咖喱饭于水丸，就像菠菜之于大力水手"。

水丸常用的雨伞是特地托朋友从英国买来的，"因为雨水敲打那个牌子的伞面的声音特别好听"。伞很贵，喝醉了遗失，又后悔不迭。他不愿借书给别人，有时甚至为此另买一本新的给人。不时迸发的毒舌也很有"水丸性"，例如他诋毁荞麦面里的鱼糕，说不明白那种像拖鞋底切出来的东西有什么好吃的。听了这番演说的朋友此后每次吃荞麦面看到鱼糕，就不得不想起拖鞋底。

他有两间工作室,青山的工作室主要做插画方面的工作,镰仓的用于写作。两间都放了许多书和他喜欢的小物件,人偶、雪球、英国的"蓝柳"(blue willow)风格瓷器。雪球是水丸的爱物,从20世纪90年代开始收集,旅行到了某处就会去找。他爱雪球,因为那东西乍看是"无用之物",其中却又凝缩了一整个小小的世界,而且只要轻轻一摇晃,那个世界就开始下雪。在堆满量产旅游纪念品的店里找到具有特别之处的雪球,需要的是善于发现的眼。

尽管他总说自己是插画家,和艺术无关,但只要看他偶尔写下的文字便能明白,插画家三个字既轻又重。例如他曾这样评价池大雅[1],"东洋艺术收敛于线。池大雅若无其事的笔触有他全部的人性。那其中有着白桃的暖和刀锋的锐利"。

他的画乍一看很像儿童画,采用这样稚拙的画法,有其考量,为的是即便接到大量的工作,也能维持同样的水准。香烟、杂志、人偶、可乐,以及水果。就是这些习以为常的静物,被施加了水丸特有的静谧构图和浓稠配色,不知怎的就有种悄然潜入人心的力量。又有一些极简风格的风景画,山不过是几笔线条,人物渺小,穿行于山河或城市。

---

[1] 池大雅(1723—1767),江户时代的画家、书法家。其作品是日本南画(文人画)的代表。

评论 □ 哦，水丸

水丸同时也是插画界的老师。他曾在朝日文化中心开设"安西水丸塾"，也曾在山阳堂插画师工作室担任特聘讲师。老师这份工作，水丸做得很认真。就如同他为山阳堂写的宣传资料："在这间教室，安西水丸会独自看穿学生们的本质。无论是才能获得承认，还是得知自己没有才能，都一样重要。但是，哪怕是从百分之九十九的黑暗中，也有可能看到百分之一的光。"学生当中有不少人仰慕水丸的为人，一期课程结束，只要水丸老师在哪里有新课，就跟去上。不用说，他们也和老师一起到店里喝酒。每次为了选择餐馆，学生都要做许多功课，如同应付考试。水丸有个奇怪的观点，即，一个人如果能把一伙人的吃喝筹划好，就能在工作中独当一面。

紧紧追随水丸的学生们经常为老师的工作量震惊。他们说，不经意间就会遇到老师的作品。

其实有不少工作纯属帮朋友。就像本文一开始说的，毕竟水丸是个喝高兴了就想为人画点什么的人。

该说是交友广阔还是同类相聚呢，水丸身边，趣人不断。例如散文集《水丸的慢悠漫游》中登场的小餐馆"卯波"的女店主、俳人铃木真砂女。铃木和水丸算是同乡，家里经营千叶县鸭川市的老牌旅馆吉田屋旅馆（后来改建为鸭川大酒店）。她有过可谓波澜万丈的爱情，五十一岁（1957年）在银座开店。水丸出入"卯波"时，铃木年过八十,"妈妈桑的笑容有难以形容的魅力,也因此,我三不五时总往银座跑"。她的散文集《活在银座》(銀座に生きる)封面上是彩绘餐具和写着俳句的纸,一望即知是水丸的手笔。

铃木于2003年去世,"卯波"停业。

《水丸的慢悠漫游》中还有一位诗人百濑博教,特地和水丸一起打车去千叶县市川市的"麻生珈琲店"喝蓝山咖啡。他当过赤坂一间高级俱乐部的保镖,曾因持有枪械入狱六年,出狱后出版了诗集《绢半缠》、散文集《不良日记》(标志性的水丸封面)等。他和水丸一样是雪球收藏家。2008年,身体衰弱的百濑死在浴缸里。

"麻生珈琲店"依旧存在。

八点起床,早饭是纳豆、烤开片鱼、高汤青菜、腌白菜、烤海苔、贝壳味噌汤和一碗米饭。中午吃咖喱饭和醋腌卷心菜。上午十点就到工作室,读书或看电影,算是学习时间。下午一点到六点全部用来画画。晚餐是酱油浅渍金枪鱼、烤鱼鳍、三合日本酒。

以上是水丸作为插画家的一天。他曾写道,"现在,我作为插画家每天画画,画画时的血液里的骚动,和小时候完全一样"。

散文家平松洋子评价说,安西水丸是一个拒绝让自己显得"大"的人。

生物学意义的死亡之后,人还将经历社会学意义上的死亡。只有当众人——亲近的或只是遥遥知道的人——将其遗忘,人的存在才会真正消逝。在后一项意义上,安西水丸将会活很久。不光是他的家人、朋友和学生们会长久地记住他的存在,还有,作为遥远的异国的读者,我们总会在邂逅某本书的插画时忍不住喃喃,哦,水丸。

乱世的人，得过且过，没有真的家。

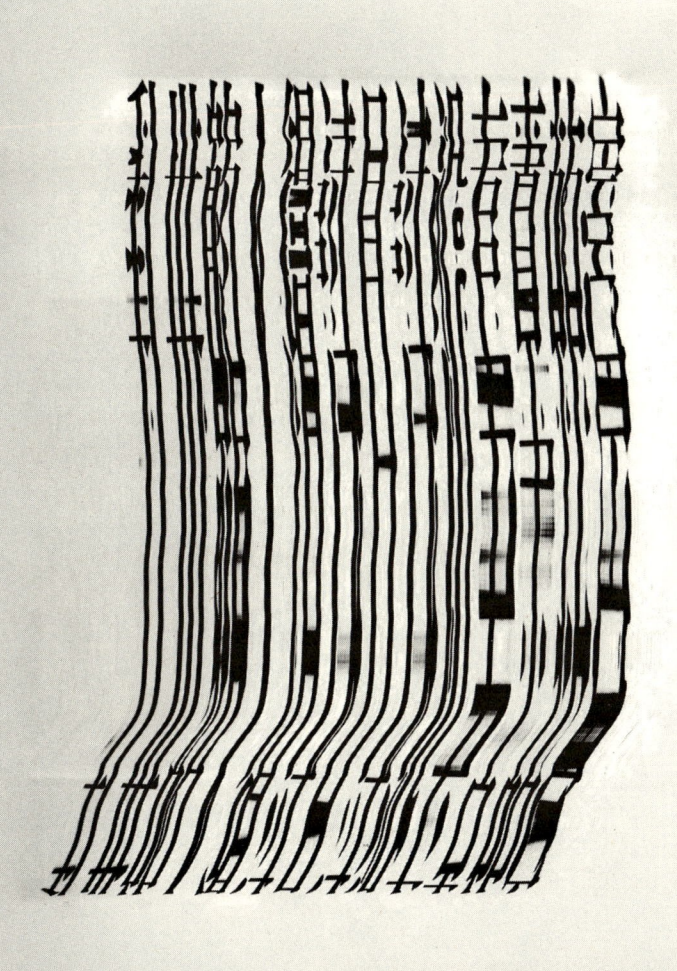

张爱玲

钟表停了下来 ——
谈张胡恋的发端,及小说《封锁》

撰文　张敞

评论 □ 钟表停了下来——谈张胡恋的发端,及小说《封锁》

福克纳小说《喧哗与骚动》里有一句话:"只要(钟表的)那些小齿轮在咔嗒咔嗒地转,时间便是死的;只有钟表停下来时,时间才会活过来。"张爱玲的短篇小说《封锁》写了电车里一对男女短短的相遇,他们因为"封锁"而产生了一种正常情况下不可能产生的交集,说了一些在正常时间刻度里不可能说的话,这就好比是"钟表停了下来"。他们本来虽处于同一时空,是摆不脱现代文明塑造的城市人——即使贴得很近,也可以既不觉得尴尬,也不用搭话——然而在这像被"蛀虫咬破的衣服一样",因"封锁"而造成的时间黑洞里,他们竟开始互诉衷肠(真假不论)。

也许以后他们一辈子都不会忘记那个他们曾共同经历的时刻。

《封锁》的故事写成于1943年8月,在11月上海《天地》月刊的第二期发表,同期还有胡兰成《"言语不通"之故》。

粗知张胡故事的人也大半知道《封锁》。胡兰成《今生今世》里写，一日他在南京无事，翻看《天地》月刊，读到张爱玲，"才看得一二节，不觉身体坐直起来，细细地把它读完一遍又读一遍"。他"去信问苏青，这张爱玲果是何人？她回信只答是女子。我只觉世上但凡有一句话，一件事，是关于张爱玲的，便皆成为好"。两篇文章发在一个杂志《天地》上，或正是胡初读张爱玲之因（二人关系也从此有新"天地"）。

不是我特别汲汲于谈论作家私人生活，讨那些爱看八卦人的欢喜。谈《封锁》尤其无法回避作品和作者的关系，这小说的内容与张胡后来的恋情有一种莫名、诡异的互文性——近乎内在的联结，所导致命运的竟然发展——它恰恰也许可以帮助理解小说本身。

作为都市写作的佳篇，结构上，《封锁》极度符合戏剧的"三一律"，给读者一种紧致现代的整体感。在当时以乡土作家作品为主的中国，它就特别有了一种不同。它有些诙谐尖刻的语言，是很毛姆或萧伯纳的，倾向于哲学洞察和"机智型"；描写心理的细腻程度，则又像"新感觉派"，可有他们达不到的不落俗套；"鸳鸯蝴蝶派"的男女相遇，跑不了才子佳人，一腔愁怨，张爱玲笔下的两个人却只是平凡到近乎庸俗的小市民。

《封锁》惟其短，又明白敞亮，关于《封锁》的评论不

评论 □ 钟表停了下来——谈张胡恋的发端,及小说《封锁》

多,不像张爱玲的其他小说。数次评论还都来自胡兰成。

胡的审美没的说。最近一次感觉胡氏读书审美之好,还是无意中看到他1970年一篇写三岛由纪夫:"……《忧国》及《英灵之声》二种……我读了甚惊其才,但是不喜……以为强烈而阴郁,缺少光明喜笑,不能豁达解脱……大约三岛似屈原,而我喜诗经,不甚喜楚辞。"三岛的小说气质也的确如其所言。

记叙初识《封锁》的《今生今世》"民国女子"一章接着写:"及《天地》第二期寄到,又有张爱玲的一篇文章,这就是真的了。这期而且登有她的照片。见了好人或好事,会将信将疑,似乎要一回又一回证明其果然是这样的,所以我一回又一回傻里傻气的高兴,却不问问与我何干。"胡1943年12月7日因发表《日本应实施昭和维新》触怒汪精卫,被关押在南京伪政府的监牢,1944年1月24日(旧历除夕)才被日本人救出。看到《封锁》应在他关押前,看到《天地》12月第三期上的张爱玲照片及散文《公寓生活记趣》似乎应在其释放后。胡氏文中没提。不过我模糊记得有次看到《天地》的发刊日是当月10日,他7日被捕前不会见到。(《天地》发刊日期忘了是在哪里看的了,后来也没有查。其实这事倒无关大碍。)

《小团圆》记叙九莉(张爱玲)知道邵之雍(胡兰成)此人,谈得更细,补了他没有写的。文姬(苏青)寄来一篇邵写的九莉文章批评的清样,九莉觉得他"文笔学鲁迅学得非常像",她笑着告诉比比(炎樱)"……说我好,是个汪政府的官……关进监牢了","作为这时代的笑话"。九莉担心书评不能发表了,"一方面她在做白日梦,要救邵之雍出来"。《今生今世》写张爱玲为此还同苏青一起去了周佛海家。《小团圆》提到的这篇评论,就是后来胡发表于1944年3月15日《新东方》第九卷第三期的《皂隶·清客与来者》。

关于《封锁》的部分不长,不妨照录如下:

还有张爱玲先生的《封锁》,是非常洗炼的作品。在被封锁的停着的电车上,一个俗不可耐的中年的银行职员,向一个教会派的平凡而拘谨的未嫁的女教员调情,在这蓦生的短短一瞬间,男的原意不过是吃吃豆腐消遣时光的,到头却引起了一种他所不曾习惯的惆怅,虽然仅仅是轻微的惆怅,却如此深入地刺伤他一晌过着甲虫一般生活的自信与乐天。女的呢,也恋爱着了,这种恋爱,是不成款式的,正如她之为人,缺乏着一种特色。但这仍然是恋爱,她也仍然是女人,她为男性所诱惑,为更泼刺的人生的真实所诱惑了。作者在这些地方,简直是写的一篇诗。

我喜爱这作品的精致如同一串珠链,但也为它的太精致而顾虑,以为,倘若写更巨幅的作品,像时代的纪念碑式的

评论 □ 钟表停了下来——谈张胡恋的发端,及小说《封锁》

工程那样,或者还需要加上笨重的钢骨与粗糙的水泥的。

总之,照这看来,中国过去的一点,新文化遗产,并没有被战争毁掉,而且新的作家也已在战争中渐渐出生。不过,这与达官显宦,贵妇名媛,文人学士中的皂隶与清客是无关的,与"引车卖浆者流"也无关。

24日,胡被日本人救出,2月1日回到上海,其去找苏青,"苏青很高兴",二人一起从苏办公室出来,上街去吃蛋炒饭,又去了苏的"寓所",并要了张爱玲的地址。《小团圆》张爱玲曾写之雍和文姬发生过关系,这应是之雍原型胡的自供。胡于此向来愿意与人说,似乎认为是一种成就。重要的还是时间。九莉说她"不妒忌文姬,认为那是他(之雍)刚出狱的时候一种反常的心理,一条性命是捡来的"。如果作为小说的《小团圆》可信,我想来想去他们发生关系也没有别的时候,"刚出狱"就指的是这一日。原来胡如辛勤采花蜂,别了南京的应英娣,就来找苏青,别了苏青,就来找张爱玲,一刻不停歇。

2日,胡拜访张爱玲,未见。胡兰成在温州识得刘景晨,香港识得唐君毅,也都是先认识其文章,就马上和诗或登门拜访。他就是这样殷切和行动快。"又隔一日"(《今生今世》语),即4日,张胡初见。于此可知,这篇《皂隶·清客与来者》3月15日真正发表时,已属明日黄花,两人已在恋情中。

《封锁》之前，张爱玲即已发表过小说《沉香屑：第一炉香》《沉香屑：第二炉香》《茉莉香片》《心经》《倾城之恋》，也已完稿《琉璃瓦》《金锁记》，后来收入第一本小说集《传奇》的作品，除了《年青的时候》（发表于1944年2月）、《花凋》（发表于1944年3月），大概已完成百分之八十。散文与影评也有若干。成就更高、篇幅更长、性情更真的那么多文章胡都没看见，他偏偏看见了《封锁》，还写了评，世间事就是这样不在常规预想里。何况更有苏青代做"青使"——名字真恰当。也不能不说"处处是传奇"。

"写的是一篇诗"，"精致如同一串珠链"，胡氏对《封锁》的气质、结构、微妙细致处、完成度的赞誉，虽简略，但都是准确的。所谓"新的作家也已在战争中渐渐出生"，也是一个极高的赞语。张爱玲读到胡此文时，迅雨（傅雷）的重量级评论《论张爱玲的小说》尚未面世，要到1944年5月上海《万象》第三卷第十一期才有，《传奇》《流言》出版后的评论更不必说，还要往后，剩下的无非周瘦鹃主编发表《第一炉香》和《第二炉香》时的附评。从陈子善主编的《张爱玲的风气——1949年前的张爱玲评说》所载全部文章的发表时间看，胡文该是第一篇张爱玲看到的，非干关系者的批评文章（如《小团圆》所述可信的话），

评论 □ 钟表停了下来——谈张胡恋的发端,及小说《封锁》

胡堪称"张评第一人"。这也就难怪张爱玲当时对胡文及胡兰成其人珍之宝之。

俄国作家维·安·法乌谢克在写《我和安·巴·契诃夫的交往》时,也提到契诃夫曾和他谈,当他默默无闻时,一个评论家对他的作品大加赞扬,那对他是多么宝贵。"那时候,我还在徘徊、探索,吃不准自己真正适合于干哪一行,对自己写作的价值和文学天赋缺乏信心。奥鲍连斯基是第一个以他的嘉许鼓励我、鼓舞我继续从事文学事业的人。我早就盼望有机会向他道谢了!"后来契诃夫和奥鲍连斯基也相识了。

所以,梳理它的意义还在于,这个时间线上的内容一旦丰满,其实也就更清楚了为什么张爱玲会在胡兰成来访不遇后,再隔日竟主动回访他——她满意胡兰成的这个——还只是"清样"上的未发表的——评论。

不过胡文中的"时代的纪念碑"六个字,还是体现了二人文学观的最初差别,略微扎了下张爱玲的眼睛,到了来年《自己的文章》时她还没忘。

一般所说"时代的纪念碑"那样的作品,我是写不出来的,也不打算尝试,因为现在似乎还没有这样集中的客观题材。我甚至只是写些男女间的小事情,我的作品里没有战争,也没有革命。我以为人在恋爱的时候,是比在战争或革命的时候更素朴，也更放恣的。战争与革命，由于事件本身的性质，往往要求才智比要求感情的支持更迫切，而描写战争与革命的作品也往往失败在技术的成份大于艺术的成份。和恋爱的放恣相比，战争是被驱使的，而革命则有时候多少有点强迫自己。真的革命与革命的战争，在情调上我想应当和恋爱是近亲，和恋爱一样是放恣的渗透于人生的全面，而对于自己是和谐。

　　看过一篇文章猜测说该文胡也有贡献，它发表于1944年5月，自然是可能的。胡也能以此昭显自己更知音了。同月还有他发表的《评张爱玲》，转年又有《张爱玲与左派》。前一篇胡肯定了张爱玲"个人主义"的正当，后一篇他又说张爱玲的文章不要他们左派的那种"革命"和"斗争"也罢，这两篇都是佳作，它们已经有着对作者和作品最深切和最畅快的了解，某些段落说它有一种预言的昭示感也不为过。张胡的这三篇文章，把张爱玲的文学观整个地表达清晰了，即使将张爱玲后来的作品算在其内也没大讹误。胡再也没提"时代的纪念碑"，他被张爱玲"开了聪明"。《今生今世》曰："男欢女悦，一种似舞，一种似斗……我向来与人也不比，也不斗，如今却见了张爱玲要比斗起来。"张大概似舞，而他似斗。斗者皆因不服要比试，更高处的人可是连比试的心都没有。

评论 □ 钟表停了下来——谈张胡恋的发端,及小说《封锁》

《论张爱玲》中胡也谈到《封锁》:

统治这世界的是怎样一种生活呢?《封锁》里的翠远,像教会派的少奶奶,她知道自己生活得没有错,然而不快乐。她没有结婚,在电车上胆怯怯地接受了一个男人调情,原来在她的灵魂里也有爱,然而即刻成了猥亵,她吃惊,并且混乱了。那男人,生活得也不好,是个银行的职员,像乌壳虫似地整天爬来爬去,很少有思想的时间。和那女人,不过是很偶然的戏剧化的一幕,但他从自己的一生中记忆起了一些什么,使他烦恼,不满于他自己了。

收入《传奇》时,张把胡先后念叨了两遍的那段"乌壳虫"结尾完全删掉了——还是比他高。

《封锁》初发表时最末三段,便是后来删了的:

吕宗桢到家正赶上吃晚饭。他一面吃一面阅读他女儿的成绩报告单,刚寄来的。他还记得电车上那一回事,可是翠远的脸已经有点模糊——那是天生使人忘记的脸。他不记得她说了些什么,可是他自己的话他记得很清楚——温柔地:

"你——几岁?"慷慨激昂地:"我不能让你牺牲了你的前程!"

饭后,他接过热手巾,擦着脸,踱到卧室里来,扭开了电灯。一只乌壳虫从房这头爬到房那头,爬了一半,灯一开,它只得伏在地板的正中,一动也不动。在装死么?在思想着么?整天爬来爬去,很少有思想的时间罢?然而思想毕竟是痛苦的。宗桢捻灭了电灯,手按在机括上,手心汗潮了,浑身一滴滴沁出汗来,像小虫子痒痒地在爬。他又开了灯,乌壳虫不见了,爬回窠里去了。

张爱玲选择不要这怅惘。改后的结尾是"吕宗桢"被张爱玲推远到一个视线看不到的地方,保持着他的庸俗、虚伪和不体面。她不给他反思力,也不让读者会心他。吕宗桢如《色,戒》里的易先生,不该反思或用情太甚,甚至于到了泪光盈盈的程度。吕、易纵然可能有悔、有情,张爱玲终于还是不要他掉入感伤。也避免文人的美化之嫌。她不要这怅惘,何况是结尾——那对怅惘的强调。先写后删,是"天才"飞过的"偶然指爪"。她使文字如领千军,杀伐决断处从来比男人还帅气——看她每篇小说的结尾也均可知。《卡拉马佐夫兄弟》中德高望重的长老佐西马去世,陀思妥耶夫斯基写他没有像人们想的那样尸身不腐甚至还有淡淡香气,而是迅速发出腐臭。这样的腐臭便是人实在的肉身,而非作者的慈悲与理想化。张爱玲的这种删除,也像这里的神父肉体可腐可臭。

评论 钟表停了下来——谈张胡恋的发端,及小说《封锁》

还如《色,戒》结尾,易先生只会想:"她临终一定恨他。不过'无毒不丈夫',不是这样的男子汉,她也不会爱他。"文章前一节更是静得吓人:"易先生站在他太太背后看牌,掀灭了香烟,抿了口茶,还太烫。"电影《色,戒》中所呈现的易的那种怅然,不过是李安的柔情,可这柔情到底打翻了一点儿什么,比如说张苦心经营的那种严冷和残酷,以及必然发展至此的逻辑。在易那个位置上,他如果不心狠手辣,"天知地知你知我知",本来就有一万个理由不杀掉王佳芝,何以就杀了呢?李安有时候是像张爱玲说苏青:"因为她对于人生有着太基本的爱好,所以不能发展到刻骨的讽刺。"我觉得这便是电影《色,戒》的瑕疵之一。

其实李安的最大问题还不在结尾力求"人文情怀",还易先生两汪眼底的热泪——这里不细讲,有时间再单写——他主要还是不能接受王对易的释放只是来自一个"刹那间"的触动,于是他先极力铺陈"性"的力量,后来又让易也深情款款,可这都不是原著里的。更非"两行中间的另一行字"。易作为杀人无数的大汉奸,他如果这样容易动情,就不会那样铁血。王这样的人,他该看得多了。她纵然很有可取之处,但滚滚乱世,红颜如蒲草泥巴,随时遭践踏,他不该这样惜花怜花文人化,那根本主持不了如此大的一个特务机关。

王佳芝就感情用事得多,因此也就较令我们同情她的为爱和冲动的死。

《法华经》有:"佛前有花,名优昙华,一千年出芽,一千年生苞,一千年开花,弹指即谢,刹那芳华。"《六祖坛经》所谓"一念愚即般若绝,一念智即般若生","刹那的决定"就类似于我们常说的"头脑一热"。王怎么就忽然"情令智昏"了呢?且看王与易那日在珠宝店的柜台前:

只有现在,紧张得拉长到永恒的这一刹那间,这室内小洋台上一灯荧然,映衬着楼下门窗上一片白色的天空。有这印度人在旁边,只有更觉是他们俩在灯下单独相对,又亲密又拘束,还从来没有过。

真是如梦似魅,一个不再是业余特工,一个亦非是职业汉奸,而只是两支人,一个孤男,一个寡女,两人无言相对,洗得干干净净,只觉以前的一切都随水漂走了,如今只剩了一个崭崭新。也只有这样的情况下,王才会误会到心里轰然一响:"这个人是真爱我的。"《封锁》与《色,戒》可比较的,便也是它专写这"刹那"。

《封锁》里吴翠远的悲剧与王也是没有太大区别的。封锁解除前,吴翠远念了自己的电话号码给吕宗桢,且自信任性地想:"她的电话号码,他理该记得。记不得,他是不

评论 □ 钟表停了下来——谈张胡恋的发端,及小说《封锁》

爱她,他们也就用不着往下谈了。"人动情的时候就是有点这样不理智的,像小孩子做事的不计后果。

《封锁》里的吕宗桢,他的名字似乎隐藏着"屡忠贞"或"履忠贞"的谐音,有着一种庸俗和可笑。"吕"是"两口",也果然很会说,不过他勾搭吴翠远却不过是临时起意,为了躲避那个向他走来的董培芝。"培芝今天亲眼看见他这样下流,少不得一五一十去报告给他太太听——气气他太太也好!谁叫她给他弄上这么一个表侄!气,活该气!"这完全是一念间的赌气。

无独有偶,长相没有款式,穿衣老套保守如"讣闻",生活压抑,不被人重视,又厌恶周边人的"假"的英语助教吴翠远,她是连学生在作文中大胆地对她写"红嘴唇的卖淫妇……大世界……下等舞场与酒吧间"她都珍惜——因为生活里没人和她谈这些,连"孩子的脚底心紧紧抵在翠远的腿上,小小的老虎头红鞋包着柔软而坚硬的脚……",她都感喟"这至少是真的",因此当吕宗桢大胆地和她调情,这里面的刺激是可以令她眩晕的。

"翠远抿紧了嘴唇。她家里的人——那些一尘不染的好人——她恨他们!他们哄够了她。他们要她找个有钱的女婿,宗桢没有钱而有太太——气气他们也好!气!活该气!"她也有这种赌气。张爱玲曾说:"玉兰如菊亦枝上萎,而无人留意,可见贞女不美则不为人重。"如此的吴翠远，遇到吕宗桢的搭讪，先两次惊讶，但都未说话，但吴翠远到底"无翠色"，也没有"啐远"这个叫"屡忠贞"——等于"毫不忠贞"——的男人，她在那个刹那的、特别隔绝的空气里相信了，因此她就掉了进去。

明显的点题还是封锁解除后："电车加足了速力前进，黄昏的人行道上，卖臭豆腐干的歇下了担子，一个人捧着文王神的匣子，闭着眼霍霍的摇。一个大个子的金发女人，背上背着大草帽，露出大牙齿来向一个义大利水兵一笑，说了句玩笑话。翠远的眼睛看到了他们，他们就活了，只活那么一刹那。车往前哨哨的跑，他们一个个的死去了。"

"他们就活了，只活那么一刹那。"——吴翠远在"刹那"里看到别人，读者在"刹那"里也看到她和吕宗桢。吕从吴身边弹开时，是仿佛从春梦里醒来，吴翠远不禁感到"她震了一震……她明白他的意思了：封锁期间的一切，等于没有发生。整个的上海打了个盹，做了个不近情理的梦"。从吃了两惊到"震了一震"，吴翠远的梦也醒了。"封锁"是时空的，也是心理的，这篇小说就仿佛一根探针插进人性的深处，使人看到平常看不到的东西。处于封锁中，不可把握的东西太多了，暂停键按了之后，外面不乱，心里也乱，没有人有经验。在没有其他人干预的空间里，仿佛真空般的氛围中，会长出一个新的世界来，既真实又不真实，在那里，人与人说的话，既可信又不可信。因此

评论 □ 钟表停了下来——谈张胡恋的发端,及小说《封锁》

我也常把《封锁》看成一个"创世记"般的小说。

清代诗人龚自珍古诗《己亥杂诗·偶赋凌云偶倦飞》:"偶赋凌云偶倦飞,偶然闲慕遂初衣。偶逢锦瑟佳人问,便说寻春为汝归。"一个男人可以随口对一个女人这样说,真是轻佻的,王国维说得没错。这里男人的心态就是吕宗桢般的。胡张第一次见,胡送张爱玲到弄堂口,两人并肩走,他说:"你的身裁这样高,这怎么可以?"他说"只这一声就把两人说得这样近,张爱玲很诧异,几乎要起反感了,但是真的非常好"。《封锁》里,则是吕宗桢对吴翠远忽然地说,"这封锁,几时完哪?真讨厌!","你也觉着闷罢?我们说两句话,总没有什么要紧!我们——我们谈谈!","你知道么?我看见你上车,车前头的玻璃上贴的广告,撕破了一块,从这破的地方我看见你的侧面,就只一点下巴"。前面吴翠远吃了两惊,后来"翠远笑了"。把吴宗桢换了胡的语言,这里几乎也可以翻译成"(吴翠远)很诧异,几乎要起反感了,但是真的非常好"。

所有的始乱终弃都差不多:花言巧语——信以为真——情投意合——山盟海誓——成其好事——翻脸无情——合理化自己,步步走来,总是有这样的一串。人间的关系总共也就那么几类,所以生活乃至政治,可以和文学很类似。文学真是生活和政治的副产品,不是张爱玲会预言。

《红玫瑰与白玫瑰》是张爱玲的另一个"封锁"故事，孤男寡女因为女人丈夫的出差而共处于一个屋檐下，后来又因为丈夫出差回来而结束偷情的关系。陌生男女的搭讪中，总会出现无数情挑的一方，一个不小心，他就用言语或身体欺进。《红玫瑰与白玫瑰》里王娇蕊把一只手按在眼睛上，笑道："其实也无所谓，我的心是一所公寓房子。"振保就笑道："那，可有空的房间招租呢？"——最后始乱终弃的当然还是佟振保。《红玫瑰与白玫瑰》的结尾，张爱玲写："第二天起床，振保改过自新，又变了个好人。"《封锁》里，当吴翠远以为吕宗桢是个负责任的人时："她简直把她的眼泪唾到他脸上。他是个好人——世界上的好人又多了一个！""好人"在这里聚了头。

1985年，亦舒看到胡兰成在《今生今世》里炫耀情史，骂道："由此想到作女人是难的，默默无闻做个妻子，迟早变男人口中'我太太不了解我'，挣扎的有名有姓，又被人横加污辱。张爱玲名气大，即使现在出本书叫'我与张爱玲'销路也还是好的。胡某一方面把他与张氏的来龙去脉说了，一方面炫耀他同时的，过去的，之后的女人，不管三七二十一，都算是他的老婆，表示他娶过的不止张爱玲一女，算算日子，胡某现在七十多岁，那种感觉于是更加龌龊，完全是老而不死是为贼，使人欲呕。"

亦舒写的"我太太不了解我"，大约就是从《封锁》

评论 □ 钟表停了下来——谈张胡恋的发端，及小说《封锁》

吕宗桢嘴里的"我太太——一点都不同情我"化出来。宋淇后来转文章给张爱玲，张看了也不禁说："阿妹骂胡兰成的一篇也真痛快。"

大家都看得出，胡就是吕宗桢这样的男人。胡的一开始与张爱玲交往，就把自己的所有事情都兜底般告诉她，和吕宗桢在封锁的电车里自述其烦恼，其实也一致。那些话，若说彼时彼刻不真，不诚挚，也不完全准确，因为那个场景下的人，是一个被夸大了情绪的人，而也只有在那个被封闭的环境里，人才会发生那样的扩大。"仆人眼中无伟人"，因照样吃喝拉撒，拿破仑在煮妇面前也很难说豪言壮语，可当煮妇也成为广场上听演讲的一员时，便什么话都说得。这很像在一个点着火堆的山洞里，烤火的原始人被拉长了影子映在洞壁上，而火堆熄灭时，太阳照进来，人复归了一个及身而止、不能壮阔的本我。

1945年张爱玲听闻胡向其炫耀自己在武汉认识的护士小周，非常痛苦，她也曾隐晦地记录在《双声》中，那是她和好友炎樱（文中称"獏梦"）的对话录，发表于1945年3月上海《天地》第十八期。胡也许看到了，只是装不懂。

张（爱玲）：（假设发现自己的男友正与獏梦接吻）我是不会当场发脾气的，大约是装做没看见，等客人走了，背地里再问他到底是怎么一回事。其实问也是多余的，我总觉得一个男人有充分的理由要吻你。不过原谅归原谅,这到底是不行的。

獏(梦):当然!堂堂正正走进来说:"喂,这是不行的!"

张:在我们之间可以这样,换了一个别的女人就行不通。发作一场,又做朋友了,人家要说是神经病。而且麻烦的是,可妒忌的不单是自己的朋友。随便什么女人,男人稍微提到,说声好,听着总有点难过,不能每一趟都发脾气。而且发惯了脾气,他什么都不对你说了,就说不相干的,也存着戒心,弄得没有可谈的了。我想还是忍着的好。脾气是越纵容越脾气大。忍忍就好。

獏:不过这多讨厌呢,常常要疑心——当然你想着谁都是喜欢他的,因为他是最最好的——不然也不会嫁给他了。生命真是要命的事!

张:关于多妻主义——

獏:理论上我是赞成的,可是不能够实行。

张:我也是,如果像中国的弹词小说里的,两个女人是姊妹或是结拜姊妹呢?

獏:只有更糟。

张:是的。可是如果另外的一个女人是你完全看不起的,那也是我们的自尊心所不能接受的。结果也许你不得不努力地在她里面发现一些好处,使得你自己喜欢她。是有那

评论 □ 钟表停了下来——谈张胡恋的发端，及小说《封锁》

样的心理的。当然，喜欢了之后，只有更敌视。

后来我查皇冠出版社出的张爱玲散文集《华丽缘》，发现从"如果像中国的弹词小说里的"一句到"只有更敌视"都是删掉的，心里一惊。因不记得看过相关资料，所以我并不能确定这是不是张爱玲后来的意思。这里写的"势不两立"的话，过了时也许就没有效。也发在《天地》，当时一定是希望胡看到。文中写到与人并列的感想，对她当然是个侮辱，哪怕是自己的假设，后来重看也一定不快，所以删掉。此一节，胡一九五几年写的《今生今世》犹在自说自话："有志气的男人对于结婚不结婚都可以慷慨，而她（张爱玲）是女子，却亦能如此。但她想不到会遇见我。我已有妻室，她并不在意。再或我有许多女友，乃至挟妓游玩，她亦不会吃醋。她倒是愿意世上的女子都喜欢我。"

《山河岁月》中也有厚颜如上者。彼时胡已经逃难到温州，张爱玲千里寻夫去看他，他们看了一场戏："京戏听唱武家坡，爱玲诧异说，怎么可以是这样的？薛仁贵从军回来，见了寒窑受苦十八年的王宝钏，他叫三姐的不当时安慰她，反向她说如何娶了代战公主，还这样得意，竟不想想三姐听了会生气，因为他仍是昔年分别时三姐的薛郎呀，他是多么的能干，现在是回来看她了，三姐理该夸奖他，这样的糊涂，真是叫人拿他无奈。"胡的人品德性，都在文字里，不独面对情感，他都是可以随时极端自私又心狠，事后且心安理得。也怪不得只有他这样的人，才可以在七十六号来来去去，与周佛海、吴四宝、熊剑东相处都自如，他还说李士群正是他出计谋所杀。

对女人，他像俄国俗语："乡下的娘们儿没有操心事，就买口小猪来养着。"1975年12月10日，张爱玲在给夏志清的信中则说："三十年不见，大家都老了——胡兰成会把我说成他的妾之一，大概是报复，因为写过许多信来我没回信。"还是张爱玲明白"吕宗桢"。

《封锁》里又有一种乱世的隐喻。如张爱玲《私语》里写："今天早上房东派了人来测量公寓里热水汀管子的长度，大约是想拆下来去卖。我姑姑不由的感慨系之，说现在的人起的都是下流的念头，只顾一时，这就是乱世。乱世的人，得过且过，没有真的家。"电车上发生的难以置信的一切，在这个封闭的乱世里，因此都是可以讲得通的。乱世就是只管现在，不需要考虑结果。

其他张爱玲小说也有"封锁"意象：《第一炉香》中的葛薇龙锁于姑妈的上流堕落世界，《第二炉香》中的愫细锁于性教育的缺失，《茉莉香片》中的聂传庆锁于家庭创伤，《花凋》中的郑川嫦锁于病痛，《心经》中的许小寒锁于恋父，《年轻的时候》中的潘汝良锁于爱的幻想，《倾城之恋》

评论 □ 钟表停了下来——谈张胡恋的发端,及小说《封锁》

中的白流苏锁于走投无路,《金锁记》中的曹七巧锁于旧式家庭,《留情》中的淳于敦凤和米晶尧锁于婚姻的平淡,《雷峰塔》中的琵琶锁在童年的塔下……在这样的人间封锁中,他们无一例外地只能沉沦、幻灭、奋争或者不得不接受。这许多挣扎着的、后来困倦了或变异了的灵魂,就构成了张爱玲的整个小说世界——其实也是我们生存的这个世界的真相。人人都是艰难的,就像人活着,首先就锁在自己的肉体中。其次锁于爱情、家庭、教育、政治、环境、社会大势……我们的心情、禀赋、才能,后来也不过是在这多重封锁后的必然感应,不是刻意为之,而是不得不为。

《封锁》的第一句写"开电车的人开电车",这是形容历史的惯性前进。恒常的人间若不破例地被某种情况、或某种将要被写进历史的事件打断,便也永远像"柔滑的,老长老长的曲蟮,没有完,没有完……"。我们的"眼睛盯住了这两条蠕蠕的车轨",也与电车司机一样不能"发疯"。结尾则是开电车的在放声唱道:"可怜啊可怜!一个人啊没钱!可怜啊可——"而一个缝穷婆子慌里慌张掠过车头,横穿过马路。开电车的就大喝道:"猪猡!"

"猪猡"这词用普通话说没有感觉,上海话念出来则特别短促有力,发声类似于:zi! lu!(滋鲁)。比较"煞根"(来自英文"shocking",上海话里近似"厉害")。如今再读这个开头和结尾,我最新的感受是,张爱玲所写的那辆停在上海街头的、因封锁而停运的电车,它锁住了芸芸众生,可是车内的大家也都不相通。张爱玲写了一些相通,而那些相通也是假的,权宜之计,自私自利,言不由衷。他们与电车外马路上的人,则更不相通,俨然两个世界。车子停的时候,或车子一开,人们还是心里会骂那些刚才干扰了自己、导致了封锁的人,却并不会想到更远处去。

还是张爱玲《花凋》里的一段话可以解释这个:"世界对于他人的悲哀并不是缺乏同情;秦雪梅吊孝,小和尚哭灵,小寡妇上坟,都不难使人同声一哭。只要是戏剧化的,虚假的悲哀,他们都能接受。可是真遇着上了一身病痛的人,他们只睁大了眼睛说:'这女人瘦来!怕来!'"可见这么多年都没有变。那骂向同样可怜的同胞的一声"猪猡",今天听起来,也似乎格外响亮,简直震耳欲聋。

惯常最易使人丧失生命感,无常倒像是牵着人手的导师——《神曲》中维吉尔带着但丁游三界。唯一不幸的是:好了伤疤忘了疼。人是健忘的。因此,张爱玲的《封锁》可以说是和海明威的《老人与海》同类的小说,它们都描写人在较封闭的现实中的境遇,并达到了一种象征或寓言的效果。那里的每一字句都仿佛在口口声声地告诉你"这是真的",而不是像塞万提斯的《堂吉诃德》或卡夫卡的《变形记》,它们超出生活,天马行空地去创造,《封锁》

评论 □ 钟表停了下来——谈张胡恋的发端,及小说《封锁》

和《老人与海》所描写的人的悲剧性或生活的荒诞性,纯是来自生活本身。

是的,不必饱受生活折磨,每个人也都会有这样的认知:一小时和一小时并不相等,因内容的差别,或人之情绪的不同,会有着一种不同的质感。有的一天过了好像没过,有的一秒钟像一年那样长,一小时能发生许多改变你命运的大事,一生却也可以倏忽而过,空洞无比。今天读《封锁》,特别是在疫情中,我们也许更感觉到一种亲切,因为完全切身——毕竟"开电车的人还在开电车"。

当日已是,今时又是——但你也不敢说它们相同。

张爱玲在《秧歌·跋》里写:"在无论怎样不堪的情形下,人也还是有适应环境的本能。我不觉得这有什么不对,但毕竟是可悲的。"

唯一遗憾的也许只是:"封锁"常有,《封锁》不常有。

◯◯ 小说

111　安德烈亚神父

赛珍珠

129　荡游

程异

141　即食眼泪

蒯乐昊

165　霉菌

颜悦

189　姐妹

李柳杨

安德烈亚神父

撰文 [美]赛珍珠
译者 范童心

安德烈亚神父每天都期待着夜晚的到来,只有在那几个钟头他才能好好观星。在这座东方城市中传教的日子漫长而喧嚣,到处充斥着大量的人群和嘈杂的声音,有哭喊声、叫骂声、吆喝声……夜晚则短暂而绚烂,宁静祥和的星星像手电筒一样在深紫色的天空中闪烁,他永远都看不够。手握望远镜的时光总是过得飞快,记忆中有很多次,他只是在东方泛起鱼肚白时睡上一小会儿,那个时候繁星已经暗淡了。但他其实并不需要睡觉,观测和研究一夜明亮的繁星,能让他精神抖擞地迎接新的一天,也能让他暂时忘记一会儿整天追随着他的喧闹声。"上帝保佑睡眠!"——他总是这样一边说,一边拾级爬上自己在学校屋顶建的小天文台。

他的个子不高,身形壮实,脸上总挂着微笑,这样的外形跟他柔软内敛的灵魂并不相符。若是只看到他红苹果一样的脸颊、深色的胡须和笑吟吟的红嘴唇,人们会觉得他是一个喜欢享受物质生活的人。但注视他的眼睛就会发现,他热爱的其实是精神世界。当麻风病人们扭动着身体进来在他脚边祈祷,或者一个破衣烂衫的使唤丫头闯进修道院大门蜷曲在一个角落哭泣时,他脸上的微笑并没有消失,但深邃的双眼噙满了泪水。

白天他用自己的双手扶起麻风病人,为他们擦洗身体,给他们食物,安慰他们,还把药膏涂在他们的伤口上。他又站在丫头和生气得骂骂咧咧的女主人中间,耐心地微笑着,用他那种沉静的、絮絮叨叨的、低语的方式说着什么。女人尖锐的咒骂凌驾于神父的嗓音之上,就像暴风雨砸进流淌的小溪。但过不了多久,他轻柔却坚定的话语就占了上风,她则应他邀请落座——位置是小客厅里方桌右侧的主位——面上仍有愠色,小口啜着他让用人沏来的茶。之后,他会用那双深邃又带着悲悯的小眼睛和挂着微笑的嘴唇继续柔和地劝解、建议、安抚,巧妙地提示如何能让情况变得更好,直到最后女主人把丫头领走了。他从来不鼓励人们去彻底挣脱身上的枷锁,总是试着让他们尽量缓和地适应与生俱来且无法选择的束缚。有一件事他无比肯定,就是任何人都无法逃离命运的压迫。

他每天早晨都会为学校里的男孩子们祷告。有一天,他比平时都激动,这样说:

"我的孩子们,告诉你们一件事。小的时候你们都会想,有一天要挣脱父母的管束,一去上学就自由了。上学的时候会盼着长大,觉得成年以后就自由了,不用听老师的了。但你永远也不可能真的自由!只要我们不朽的灵魂披戴着肉身,就都与人子一样,被束缚于肉体之中。没有人是自由的,我们约束着彼此,但我们永远不能摆脱上帝的存在。

"所以,与其徒劳地追求自由,不如乐观地去寻找与自己肩负的使命和平共处的方式。即使天上的星星也不是自由的啊,它们必须遵守运行的法则,要是随便四处乱逛,宇宙都会毁灭的。你们见过夏天的流星,对吧?它们看上去自由又美丽,能在云彩上划出一道灿烂的光。但它们的结局是毁灭和黑暗。只有那些按部就班在自己的轨道中行进的星,才能永恒。"

身穿蓝布衣衫的中国男孩儿们盯着他看,被他低沉嗓音中的激情和圆润的笑脸上不寻常的忧伤镇住了。他们完全听不懂他在说什么。

他每天都在各处履行着自己的职责——黎明时分为几个虔诚的老妇人主持弥撒,她们都衣着体面,穿着棉布衣裤,头上盖着黑纱巾。有时候他会感到困扰,因为妇人们并不太明白他说的话,他的中文一直算不上完美,总带着意大利口音。但最后看到她们面容安详地注视着圣母和圣子,他便觉得明不明白都无所谓了,只要她们认真地端详那神圣的画面，努力理解其中的意思。

正午之前，他会尽量去给学校里的男孩们上一会儿课，但必须抓紧时间，因为他随时都可能被叫走，帮穷人们处理些事情。

"神父，我昨天晚上卖了十文钱的米给这个人，说好了今天早上给钱。他现在把米吃了，却告诉我没钱给。"

两个男人都穿着做苦力的裤子，赤裸的后背被阳光烤得黝黑。两人都站在他面前，一个很愤怒，一个耍着无赖：

"那又怎么样，我没饿肚子吗？凭什么你有吃的，我就得挨饿？革命就要开始了，革命党人一来，所有你这样的人都得把米分给我们，钱想都别想！"

两个人瞪着彼此，就像两只发动进攻前愤怒的斗鸡。安德烈亚神父用双手按住两个人的胳膊。他的手跟他的眼睛讲着同一个故事，细细的手指形状很好看，皮肤有些枯黄，因长期帮病人搓洗沐浴留下了不少皱纹和伤疤。这是他的人生中一项无法抑制的烦恼——他无法在触摸那些黝黑污秽的躯体时，阻止自己的精神发生某种程度的萎缩。他之后会一次又一次地清洗自己的双手，因此它们总是带着些微皂角味。他有一种个人的忏悔仪式，就是故意不洗手，强迫自己忍耐抚摸一个患病孩童布满疤痕的脑袋时的战栗。他训练自己，去触摸每一样令他畏惧退缩的东西。

人们眼中他的双手,总是游刃有余、充满慈悲、表现力丰富,没有人想象得到他内心深处的恐惧。

所以,此刻他的双手温暖而令人信服地分别按在两个男人胳膊上,他对那个耍无赖的说——

"我的朋友,对革命我什么都不懂,但我知道,今天我的花园需要除草。如果你能帮我做,我很乐意付薪水给你。我也相信你这么好心肠的一个人,会愿意从薪水里拿出十文钱来付给你的邻居。他还有孩子,日子也不宽裕,你也确实吃了人家的米。有话说:'人不该不劳而获。'这是人生的老规矩了,革命也改变不了吧。"

两张面孔之间的剑拔弩张瞬间消失,两个男人都笑了,露出了白色的牙齿。安德烈亚神父也笑了,红润的圆脸笑出了皱褶,接着他回到了男孩儿们身边。一天结束的时候,他付给了那个男人双份的工钱。"拿着吧,"男人假意推让的时候,他这样说,"过些天我会再让你帮我干点活儿的,或许那时候我就没钱给你了。"

吃完米饭、豆子和通心粉的午后,他戴上自己的黑色礼帽出了门,去看望周围的百姓,跟他们喝茶聊天,吃主妇们专门给他煮的白水蛋。虽然他心里可能觉得这些人挺烦,却仍然微笑着听完他们说的一切。他并不认识任何有钱人,那些人对他这样的外国天主教神父嗤之以鼻,就算有机会他也不会去他们面前凑热闹。他走进的总是贫穷人家低矮的茅草屋和乞丐的窝棚,手里刚有一点钱,就会施舍给穷人。外面革命的风暴山雨欲来,这些人却一无所知,他自己也一样。他已经好些年没读过报纸了,完全不知道自己身处的日夜循环之外,都在发生些什么。

每周一次,他允许自己回忆祖国。礼拜日的晚上,他会洗个澡,修剪一下深色的胡须,喷一点香水在手上,再走上那小小的天文台,坐在一张老旧躺椅上。其他的六天夜晚,他会坐在屋内桌边的一张板凳上,掏出纸笔和测量工具,用端正娟秀的字体做笔录,准备寄给徐家汇的修道院院长。多年来夜晚的观测已让他逐渐成了一个远东天文学组织中的重要成员,即使他自己并不知道。对他这种观察仔细、思考缜密的大脑来说,研究天空是一种放松和享受。

但在这个礼拜日的晚上,他既不带笔,也不带纸,只是坐下来打开窗户,注视着天幕上的繁星,任由思绪把他带回意大利,他的家乡。他已经二十七年没回去,之后也没机会再亲眼看到了。他离开的时候还是个小伙子,刚满三十岁,这么多年过去了,他依然无比清晰地记得当时的离愁别绪。此刻他脑海中还能看到那片远去的海湾,随着船只驶离陆地,海湾渐渐变成了越来越小的一个圆圈。每个星期他都内心沉重,有一丝负罪感——离别的记忆总是先于使命感出现,而比起肉身与家乡、父母、兄弟姐妹的分别，更刺痛他的是灵魂与此生挚爱的维塔丽娅的分离——虽然她相较之下，更爱他的哥哥。

多年来他一直为自己的罪孽忏悔，当初并非出于对上帝和圣母的虔诚才步入教堂，而是因为维塔丽娅不爱他。她从不知道，也没有任何人知道。他的哥哥又高又帅又有风度，有一双美丽的、含情脉脉的褐色眼睛；维塔丽娅个子也很高，雪白的皮肤，精致的面孔，像一棵新抽芽的橄榄树。她全身的色调如薄雾一般轻柔迷蒙，对他这个浑身泛红的小个子来说高不可攀。没有人把他当成一回事过，他成天开开心心讲着笑话，小小的深邃的黑眼睛随之闪动。

即使是哥哥的婚礼之后，他仍然没有停止做那个整天嬉皮笑脸的自己。但他想等一等，看哥哥是不是真心对维塔丽娅好。没有什么可抱怨的，他哥哥是个好人，虽然好看的皮囊之下灵魂有些无趣。结了婚，孩子也快出生了，他就继承了父亲的葡萄酒生意安定了下来，生活得很幸福。没错，没什么可抱怨的。

后来，安德烈亚开始畏惧自己情感的力量。他发现，除了全身心投入信仰之外，他没有办法不表达自己的爱。经过了一年的煎熬和痛苦之后，他意识到一切都没有结束，他无法从旋涡中抽离重新开始，除非把自己流放到一个遥远的国度传教。于是他向村里的神父们求助。

他的家人们嘲笑他,每个人都嘲笑他。而维塔丽娅的举动几乎毁灭了他——她抓住他的手,用她那对他来说比音乐还美妙的声音说:"可是,亲爱的弟弟,我的安德烈亚,你走了谁来陪我的孩子们玩,谁还会一直来我家里呢?"他摇摇头,微笑着说不出话来。她诧异地望着他噙满泪水的双眼:"真的就那么想去吗,安德烈亚?"他点了点头。

好吧,一切都已在很早很早以前尘埃落定。他很多年都不允许自己想起她,因为她已经是另一个男人的妻子了。夜复一夜,他向星辰热切地祈求内心的平静。对他来说,无论多少忏悔都无法抵消他爱维塔丽娅胜过所有人的罪,一直到他生命的尽头。这让他无情地否定自己,强迫自己承受那些令人讨厌的触碰与职责。有一次,当他的身体又因她而灼烧时,他发狂一般地冲上大街,带回来一个冬夜里瑟瑟发抖衣衫褴褛的乞丐,他让乞丐躺在自己的床上,给他盖上自己的毯子,自己则整夜在床沿躺下,绷直身体,咬紧牙关,忍着腹痛。但到了第二天早晨,他对自己的身体胜利一般地低语:"现在你可以安静点儿,别来烦我了吧。"这些解释了他眼神中微笑的悲哀,和他讲道中反复强调的要忍受苦难。

有一天,从意大利来了一封镶着黑边的信,是这么多年来的第一封信。他打开了,里面是维塔丽娅去世的消息。

之后他似乎得到了某种意义上的平静，一段时间之后，他开始允许自己在礼拜日的夜晚进行这样短暂的放松，最后甚至可以想一会儿她。现在她死了，他可以想象她在远方天空的星辰之间自由而轻盈地舞动。她现在已经不是谁的妻子了，不属于任何人，只是天堂的一部分。他可以像思念一颗星那样思念她，这已不再是罪。

他的讲道不再那么激烈，而是更耐心地劝说人们忍受苦难。每当班里有男孩子逃课，号称去参加革命，他只会叹口气，出去找到对方，温柔地劝说他回来，回到哭泣的母亲身边。

"仁慈的上帝在我们降生之时就赋予了每个人使命"，他慈爱地说，微笑着，一只手搭在男孩儿的肩膀上。

但男孩儿扭动身子挣脱他的手，走开了：

"革命里没有上帝，也没有使命，"他傲慢地说，"我们都是自由的，我们宣扬让每一个人得自由的福音。"

"啊？"安德烈亚神父轻声问道。

一种不祥的预感前所未有地从他心中升起。这一刻之前，他从未留心过那些有关革命的言论。他的生活仅限于自己住所的方圆一里之内。他意识到，现在他必须认真思考一下这些言论，特别是在好几个男学生为此离校以后。他开始聊一些别的话题，但男孩儿警惕了起来，很明显想让他快些离开。周围有几个和他结伴的小伙子，还有一两个警察，男孩儿的应答变得越来越短，不耐烦地跟同伴们交换着眼神。最后安德烈亚神父和蔼地说：

"我知道你们还有其他的事情要做，那你就走吧。别忘了之前学的祷文，我的孩子。"

他的手掌在男孩头顶停留了片刻，转身离开了。但他还没走远，身后就传来了一阵哄笑声，他听到那几个小伙子在嘲笑他们的同志："你不会是个洋人的走狗吧？哈哈哈……"

他不明白"走狗"是什么意思，还想过要不要转身回去。他停下脚步继续听，一个人笑得像抽鞭子，大叫道："哦，基督徒！"

随后他听到男孩儿愤怒的声音响起，还带着抽泣："我讨厌那个牧师，我也不懂他传的什么教！我是个革命者！谁敢怀疑我?！"

安德烈亚神父呆住了，这真的是从自己的学生口中说出的话吗？从五岁开始就进了自己学堂的男孩儿？他有些发抖，脑海中闪现出一个念头——彼得也曾经这样否定过耶稣！——他回到了那间小小的修道院，他的家，把自己关进房间，难过地哭了起来。

从那时起，他意识到自己一直站在一个旋涡边缘，只不过之前没有发觉。他觉得自己有必要研究一下这场所谓的"革命"，确认自己的孩子们没有迷失自我。但研究根本没有必要，以往的经验和知识告诉他，他已经身陷困境的迷宫。

他不知道的还有很多。他从未听说过东方和西方的政治分歧，他到这里来，单纯为了投身他的使命，来到一片没有教会的地方，在这里传教、扎根。他已经在这座巨大而喧嚣的城市中日复一日地生活了二十七年，他身着黑袍的矮小身影已经成了街景的一部分，无异于一座古庙或是桥梁。附近的孩子们从记事起就习惯了他的存在，无论冬夏寒暑，他总是在街道中踽踽独行，口袋滑稽地鼓着，里面是给孩子们的花生。没有人觉得他有什么特别——在水井边洗衣的女人们会在他经过时抬头看看，意识到已经是午后了，叹口气想想日落之前还有几个钟头可以干活儿；坐在敞着门的店铺中柜台后面的男人们冲他轻轻点头，欣然接下他递过来的小册子和圣母像。

而现在一切都变了。他已经不再是安德烈亚神父，一个无害的年迈传教士。他变成了人们口中的"洋人"。

有一天，一个小孩拒绝了他手中的花生。"我娘说可能是下了毒的。"孩子说，张大眼睛抬头望着安德烈亚神父。

"下毒？"安德烈亚神父茫然地说，无比震惊。

第二天他又去了，但回来时口袋里的花生和出发时一样多，再后来他就不带花生了。有一次，一个女人在他经过井边时，朝他身后啐了一口。而他微笑着递上小册子的时候，男人们冷漠地摇头。他彻底困惑了。

后来有一天晚上，他的中国助手来找了他。那是一个和善的小老头儿，长着散乱稀疏的白胡子，待人真诚，却有些愚笨，经常无法准确无误地念出经文。安德烈亚神父曾经考虑过是否该换一个更能干的助手，却一直不好意思跟老人直说自己对他不满意。此刻他对安德烈亚神父说：

"我的神父，请不要再出门了，直到这场闹剧结束。"

"什么闹剧？"安德烈亚神父问。

"这些关于洋人和革命的流言。人们都听信那些南方来的身着黑袍的年轻人，他们说洋人们杀了好多中国人，还用新的宗教窃取他们的心。"

"新的宗教？"安德烈亚神父温和地说，"我的宗教可一点都不新。我在这儿传教授课都已经超过四分之一个世纪了。"

"就算是这样，先生，您还是个洋人啊！"老人带着歉意回复道。

"好吧，"安德烈亚神父终于说，"这我真的完全没想到……"

但他第二天就听取了老人的建议。因为跨出院门时，街上直接朝他飞来了一块大石头，贴着他的胸口划了过去，把一直挂在那里的乌木十字架砸成了两半。他吓得举起了一只手,另一块石头又飞了过来,把他的手掌刮伤了。他脸色瞬间变得惨白,躲进修道院里,关上了院门,双膝跪地,注视着破裂的十字架。很长一段时间他什么都说不出来,最后他的嘴唇终于又能吐字了,说出了最熟悉的祷文:"父啊!赦免他们;因为他们所做的,他们不晓得……"

那之后他一直待在院墙里。好几天都没再有人来过,他悲伤地把空教室的门锁了起来。他感觉自己仿佛置身于寂静的风暴眼中。他和年老的助手每天在孤寂的修道院里踱步,能听到外面街道上令人困惑的奇怪声响。他一直锁着门,每天只在夜里打开一次,让老头儿溜出去买一点儿吃的。直到有一天,老头儿带着空空如也的篮子回来了。

"他们不让我买东西给您吃,"他可怜地说着,"为了救您的命,我必须假装离开这儿,假装讨厌您。但每天晚上我都会从花园西边的墙头偷偷扔些吃的进来,每天晚上我都会念圣母颂,我们的上帝必定会保佑您,越过现在的困境。"

从那以后,安德烈亚神父一直孤身一人。他花了很多时间待在天文台里,允许自己在每一个夜晚回忆和思念。白天都漫长而孤独,他甚至开始想念那些麻风病人。已经不需要再洗手了,除了在花园中挖蔬菜之后,冲掉附着在手上的泥土。外面的噪声愈演愈烈,他开始幻想自己置身于一座汹涌汪洋中的孤岛之上,巨浪总有一天会将他一并吞没。

他越来越深地躲进自己的精神世界中,开始慢慢在梦中构建意大利,里面有他孩提时总跑进去玩耍的葡萄园。他能闻到温热的阳光照耀在成熟的葡萄上,那种无与伦比的香气!在躺椅中坐了一夜又一夜,他开始重归自己生命的开始。那是一个五月,繁星在紫色的夜空中闪烁着,但他已不再用笔和本子记录了,他对星宿的一切都不再关心,除了它们超凡脱俗的美。感谢上帝,任何地方都有星辰和天空!中国五月的天空就跟意大利夏日的天空一样,沉甸甸金灿灿的星挂在深邃的天幕上。有一次在意大利,就是这样的一个夜晚,他从自己的窗口往外望去,刹那间被星空的美迷住了。于是他疯了一般向维塔丽娅家跑去。他的心跳快得像剧烈的鼓点,每一下都震动着全身,他觉得自己必须告诉她,他爱她。跑到以后,他哥哥打开了家门,亲切地问:

"我们正打算睡觉呢,安德烈亚。有什么事吗?"

他看到了哥哥身后的维塔丽娅,她站在房间的阴影中,面色苍白,就像一朵暮色中的鲜花。她走上前来,把手轻轻搭在丈夫的胳膊上,头靠着他的肩膀。她看上去很开心,冲动从他心头消散了。

"不,没事了,"他结巴着说,"我本来想——我没意识到已经这么晚了——我本来想过来随便聊聊的，或许……"

"好啊，改天吧。"哥哥平静地说。

维塔丽娅冲他叫道："晚安，安德烈亚弟弟。"随后门关上了，只剩下他一个人。

那天他独自在葡萄园中待了一整夜，凌晨时分，他最终对自己说，从此他将献身于穷苦的人民——既然她不需要他，就把自己奉献给一个遥远国度里的穷人吧。

啊，所有那些他曾拥有的激情、痛苦和青春，都被百折不回地想要经受苦难的意愿磨平了。他永远无法彻底摆脱这样的一意孤行，而且只要活着，就无法完全解脱出来。他琢磨着，想知道星辰之中的维塔丽娅是否知道这些，那里没有任何秘密，他希望如此。这意味着自己不必告知她所有经受过的苦痛，她会明白一切尚在人世时从未明白的，他们或许可以在天堂换一种崭新的模式相处。

他叹了口气，下楼走进花园，在西侧的墙角找到了一小捆包裹在荷叶中的冷饭和肉。他吃掉了，也念了祷告词，指尖摩挲着胸前破损的十字架。

院墙外的街道上响起了一阵整齐有力的脚步声，仿佛有几千只脚在一起行进。他听了一会儿，不知道发生了什么，叹了口气，又走上了自己的天文台坐了下来，遥望着辽阔晴朗的夜空，他浅浅地入睡。

清晨时分，他带着一丝不好的预感醒来了，好像是被某种突如其来的嘈杂声惊醒的。有一刻他甚至无法起身。星辰在灰色的天光中暗淡下来，教堂的屋顶黑幽幽的，被露水打湿了。外面是疯狂混乱的噪音，空气中有枪击声和叫喊声。他听着，是连着好几声快速的枪响。他坐起身，试着分辨这是什么声音，就是它把自己吵醒的吗？行进的脚步声已经消失了，一道巨大的火光照亮了遥远的东方天际，什么东西在燃烧，是城中的富人区，那里的街道上挂满了鲜红和亮黄色的条幅，不是大型的米店，就是丝绸铺和夜总会。不过，会不会只是日出呢？不可能的，这片灰色天空中的日出，不可能如此绚烂。

他把自己拖出椅子，走下台阶，带着些微警惕。他睡得并不好，思绪上蒙着一层雾，刚走完楼梯，站在草地上，就传来了一阵骇人的敲门声。他快步走上前去开门，摩挲自己的脑袋，试着让头脑清晰一些。就是这个声音！就是这个声音让他从睡梦中惊醒的。他在巨大的木门闩前面打了个趔趄，终于把它拉了出来，打开了门，朝外望去，他被惊呆了。外面站着上百号人，都是身穿灰色制服的士兵。他们脸上的表情恶狠狠的，之前他都没想到人类的面孔可以这样。他想躲开他们，之前面对麻风病人，他都从未打算躲开。他们举起枪对着他，发出了一声老虎般的咆哮。他并不害怕，只是完全呆住了。

"但你们想要什么呢，我的朋友们？"他诧异地问。

一个年轻的小伙子——跟他那个逃走的男学生差不多大——向前走了一步,扯下了他脖子上的念珠。十字架仅剩的那块残片——他佩戴了那么多年的十字架——落在了地上。

"打倒全世界的帝国主义者和资本主义者!"年轻人大喊。

"帝国主义?资本主义?"安德烈亚神父一边说一边思考着,这些词他从来都没听说过啊!他好多年没读过新书了,除了圣经和他的天文书籍。他一点都不懂那个小伙子在说些什么。

但那男孩儿端起了手中的枪,指着安德烈亚神父说:"我们是革命者!"他大叫着,声音粗暴而凶恶,仿佛好久都没有喊叫过了。他年轻光洁的面孔泛起红斑,好像喝了酒:"我们是来还所有人民自由的!"

"所有人民?自由?"安德烈亚神父缓缓地说,笑了笑,俯下身想捡起尘土中的十字架。

就在他的手触碰到十字架之前,男孩的指尖猛地扣动了扳机。一声尖锐的枪响,安德烈亚神父倒在地上死去了。

荡游

撰文　[新加坡]程异（Jeremy Tiang）
译者　谢晓虹

小说 ◯◯ 荡游

把公寓借给莉萨的朋友提醒她,不要忘记塞好盥洗盆的下水口。"我本来已习惯了打蟑螂——不算多,一个月就两三只。但自从这样做以后,一只也没有。"她想吐。每当她刷牙或洗杯子时,拎起活塞,就想到或有一只咖啡色的肥硕蟑螂,潜伏在管道里,只等待一线亮光,好把它可厌的庞大身躯挤出洞口。她的一只手总悬在水龙头上方,如果有必要,就能随时淹死那脏东西。

公寓比她预期的小,位于似鞋盒堆叠起来的低矮混凝土大厦顶层,一个有点装潢的套间。没有电梯,但至少可以看到布散于城市的摩天大厦。BTS[1]的入口在不远处。朋友向她保证,不消几分钟,她就会被商场和餐馆包围。但此时此刻,她并无出门的心情。

她在此,是互联网时代才会发生的巧合之一。她不

---

[1] 泰国曼谷大众运输系统的英文简称。

过一面看电视，一面心不在焉地浏览Facebook，刚好看到她的朋友（确切地说是旧识，大学时代的同学），说要回伦敦工作。心血来潮，她给他发了一条讯息，探问那即将空置的公寓。第二天，他们已经在商讨，她如何接管那个地方。

她宣布要走时，没有人感到惊讶。公开的原因是，像她这样的工作狂，有太多年底前必须用掉的假期。私底下，每个人却都知道发生了什么事，可以理解，她想暂时躲起来。他们并非没有同情心，但莉萨并不是那种惹人怜爱的人。她知道，他们都认为她咎由自取，那不过是迟早的问题。而最糟糕的是，他们是对的。

她习惯轻省的行装，拿一个小小的行李箱，抵达素万那普机场，像个空中小姐。万一她忘记了什么必要的东西，不过几个小时，便可以回到新加坡。钥匙在邻居那里，艾伦，矮小而结实的美国人，大概四十岁，山羊胡子，挂一只耳环。

"在曼谷待多久？"靠在玄关处，他问。

"一个月。"

"萨姆没有想到能找到愿意租住这么短时间的人。"萨姆就是她的朋友，为了首次个展正在返英路上的摄影师。

"这里很适合我，比酒店便宜。"

"那么，好好享受。如果你需要什么，敲敲墙。"他的肩膀一直懒洋洋地靠在门框上,这才倾前与她握手。

窗子都被封住,大概是为了防蚊,她便一天到晚开着空调。在这里的第一个黄昏,她在7-11便利店找到些盛在红色塑料托盘里、出奇地可入口的即食便当,只需微波炉热一下就可以吃的营养咖喱饭。她用食物和瓶装水填满萨姆的冰箱。如果有必要的话,她可以好几天足不出户。这第一个黄昏,她贪婪地吃,加热袋装酸甜鸡块与炒面。她允许这一切:几天的怠惰,也许增加一点体重,任由头发变得油腻。

那个务实的她却在寻找某个目标,以免浪费这个月。她应该把这看成是一份送给自己的礼物,整整三十天的空白,没有工作,没有家庭。她在曼谷并不认识任何人,也听不懂当地的语言。她的电邮会为她自动回绝所有的查询("莉萨由即日起休假至月底,如有任何紧急的查询,请联络……",然后是她部门里另外两个人的名字)。公寓有一种保护罩似的气息,这是载着仅她一人的胶囊,浮游于广阔的世界。

萨姆给了她清洁工人的号码,但她没有拨电话的打算。这无关钱,每星期不过几块钱,她只是觉得请人清洁这么小的地方有点怪。她很乐意自己动手,花个十分钟她就能连床底也打扫得干干净净。她是否剥夺了那个女人这个月的收入?但这个念头只是一闪而过。你无法顾及每一个人。

她制订了一个时间表——早上起来第一件事就是游泳，晚上慢跑——然后她为自己的认真而失笑。一天里要填满的时间太多。这需要一项庞大的计划：学一门外语，或织一件毛衣，但她还没有准备好投入如此巨大的工程。目前，她很乐意沉浸于萨姆的书架，那里摆满了她一直想要读的书。既然他们的口味如此接近，为何那么轻易便疏远了？在金史密斯[1]念书的时候，他们曾经亲近过。当他决定在泰国（离新加坡那么近的地方）成立一个工作室时，她感到惊喜，但他们终于还是没能找到碰面的时间。

公寓的墙上贴满了萨姆被印成海报大小的作品。有些就是从这个窗口拍摄的，把曼谷再现为一个沉沦的未来城市，丛林里长出扭曲的巨塔。另外一些是云、月亮、街角。没有一张可以找到一个人，仿佛萨姆已认定了人类并非一个有价值的题材。醒来时，看到这些被放大到超出它们自然尺寸的巨大色块使她感到不安。她终于以备用的床单覆盖了它们。

大致上，她计划轻松闲散地过，任一分一秒流逝，直至吃饭的时间。或许，这就是"活在当下"的意思。只有某些最坏的时刻，不速的记忆才会挤压她的神经。去年那甜美的噩梦。如此一个聪明的女人，像搬演俗套的故事，

---

[1] 伦敦大学金史密斯学院（Goldsmiths, University of London）的简称。

和她的经理上床,整个办公室都知道。然后是被遗弃的冰河。午饭时间,他风卷残云似的离去,甚至没有看她一眼。而她必须像其他人一样到员工食堂去。她决定,当她回去时,要申请调职到另一个部门。她应该能够做到——凭面试的技巧和亮眼的履历。

虽然她总是在确定楼梯没有脚步声时才出门,但还是在为大门上锁的时候,无可避免地,碰上抱着大包小包、刚购物回来的艾伦和他的女友。"出门吗?"他表达善意。她点点头,即使她只不过想下楼丢掉吃剩的晚餐。

"你一整个月都待在曼谷?"

她再次点头,然后感觉对方或许期待她再补充些什么。"我喜欢真正地了解一座城市。体验这里的生活。"

他懒洋洋地笑了,精神上把她归为同类,自然界的漫游者。一个旅人,而非游客。她以她的眼神暗示她有些紧急的事要办,表示歉意后匆匆下楼。她能够感到那个泰籍女友的目光射在她背上。艾伦并没有介绍她们认识。

她觉得她应该找一个目的地,以防下一次见面时被他问及。一次远征。她容许在暹罗广场看一出午间电影的颓废,但它就像新加坡,一个综合式的巨型购物中心。从电影院出来后,她走在闪闪发亮的通道上。毫无差别的

Topshop、River Island、Giordano[1]。即使在平日下午，这座建筑物也挤满了人。拿着印有美国运动人形图案的A&F手提包，那些目光被百货搞得眩晕的游荡者。她喝了一杯星巴克咖啡，感到自己就像一个国际化的骗徒。

她知道自己应该尽力到一个水上市场或寺庙游览，但单单是这样的念头已经耗尽了她。她乘坐空中列车到终站，一个气泡在曼谷的上空浮动。这是一个修补中的城市，一些明亮的新建筑，但更多老去的需要重新粉饰。步行回去时，她注意到庭院和街角缀满了塑胶袋和污垢。

她走过的道路都隐隐传来污水渠的气味。泰国人本身却相当讲究，总是满身洁净才走到街上。即使是BTS的繁忙时间，最毒热的天气里，她都没有嗅到其他城市地铁列车里疲倦身体紧贴着彼此时发出的酸臭味。现在，她一再走进车厢，把自己挤进城市的人群之中。只要她保持沉默，没有人知道她并不属于这里。

晚上，她留在室内，看一个字都无法听懂的泰国电视，打扫公寓。寻找与消灭漏网的污垢成了她的一种游戏、一项挑战。她开始适应这里，但出门时发现自己仍想清洗整个城市。为什么成堆的垃圾会被留在街上等待腐坏？下雨时，黑水涌出渠道，更多脏物莽撞地爬上行人道。这都需

---

[1] 三者均为服装快消品牌。

要一次好好的洗刷,这里的每一寸。她在公寓里开战,洗刷窗帘,擦亮地砖,直到她的身体满布汗水的油光,然后以同样的勤勉来清洗自己。

有时微弱的声音穿墙而来,仿佛远方的喊叫。是艾伦和泰国女孩正在吵架吗?还是他们正在看电影?她在附近的小餐馆、通往BTS的途中看见过他们。那女孩穿着童装似的衬衣、镶着珠宝的拖鞋,在那个美国人宽阔的肩膀旁边,总是显得如此忧郁、微小。

后来,当四周静默,她感到公寓把自身安顿下来。能在床上看到房间的每一寸,让人感到宽慰。她喜欢沿着空间的边界爬行,以她的手追踪墙壁和家具。这是介乎避难所与监狱之间的一个地方,一个隐士的密室。如果永远留在这里?泰国是这么便宜的地方,在她的储蓄花光以前,她能够切切实实地在这里住上十年。

公寓大楼后面那个漂浮着树叶与垃圾的小型游泳池后来无法使用。虽然她已经小心避免吞进池水,但嘴里那股酸味,无论洗刷多少次,还是萦回不去。这里的地面层到处是流浪猫,那些骨瘦如柴的标本,当她走过时放肆地、喵喵地叫喊着。她怀疑它们在水里小便。

她开始晚上的慢跑。在太阳下山、空气不那么令人窒息的时分。很多马路并没有人行道,也没有行人过路处。她选择车辆疏落的路线。脚掌在地面上的颠簸,日间最后的热力碎屑,让她感觉良好。"Deserves a quiet night...",她哼着歌,为没有人看见的疯狂而感到快乐。"You, I thought I knew you.",她脚底的节奏实在要比这歌急速得多。她试过到伦批尼公园去,但天黑后,暗影潜伏,可以嗅到危险的气味。她回到马路上。

每天晚上她把自己推远一点,到第二周结束前,她已经探进那个区域的深处。一个转弯,她遇到两条在街头晃荡的大狗。她停了下来,它们开始盯着对方。她不会笨得伸出她的手,它们不是来与她交朋友的。另一只从灌木丛中寻味而来,停在她的背面。她现在被包围了。她实在应该继续慢跑,当势头仍在她这边的时候。

她真的身陷险境吗?一共四只,然后是五只,一动不动,牵动嘴唇露出它们的牙齿。她知道自己的行动应该保持镇定,但她却失足踏在路边,向前跌出几个踉跄。它们猛然集体向她逼近。不要跑,你所能做的最糟糕的事情就是显示你的恐惧。她强迫自己往前走,装出轻松的姿态。它们尾随着她,保持着警惕的目光。

仿佛涉足于软泥的梦魇,下陷的双腿令你无法摆脱怪物。她均匀自己的呼吸,设法不去想象那些将陷进她小腿软肉的利齿,将她拖倒在地,好让它们悠闲地了结她。她发现自己正在低声喃喃着他的名字。她的情人。这是她一直想要戒掉的习惯:犹如念咒语一样念他的名字。就像此刻他会伸出援手。就像他会发现。

她只移动了几公尺，想知道它们何时会失去耐性扑上来。没有人知道她到这里来。他们能够凭她的身体辨认她吗？因为害怕被抢劫，她的口袋里除了钥匙以外什么都没有。现在，她却希望她能有些什么，至少是写在废纸上的一个名字，好让她不至于成为一具无主的尸体。她会待在太平间几个星期，无人认领，渐渐枯萎。大概，在萨姆发现她失踪并报案以前，她就会躺在一个贫民的墓穴里。

道路的光线不足，害怕踏空，她以谨慎的脚步为自己导航。如果她步履蹒跚——但她不会，她会抬起她的头，挺起胸膛，自信会把它们挡住。她的脚步摇摇欲坠，沿着街道的标记走钢丝，路线每走几步就被水洼所模糊。她不必往下看，就知道那些兽类仍在，包围着她。

她是那么专注于自己的移动，因此她没有立即注意到引擎的咆哮声，然后一辆呼啸中的摩托车便绕到了拐角处。在它能够撞向它们前，狗群已经散开，汪汪叫着，突然，仿佛挨打的孩童。有那么一个凝定的瞬间，她注意到逃离中的它们的肋骨——名副其实地夹着尾巴在逃——包裹着它们的是何其瘦瘠、满布疥癣的皮衣。然后，她已经在奔跑，心脏快要爆破，不停歇地咽进空气，直到她能看见大路上的灯。

当她蹒跚着走下素坤逸路时，行人都好奇地看着她。

这里没有跑步的人,除了"法朗",外国人。她的腿因恐惧和疲惫而发软,但她不能停下来,要坚持下去,在趔趔趄趄之间。为什么她从未注意到有那么多的流浪者徘徊于街上?肮脏的路面,各种危险在巡行,此刻,她的平衡受到了干扰。路上没有铺好的石块。熟食档,在炭炉上摇摇欲坠的滚烫的油镬。她放慢了脚步,用她的手肘捂着胸部,尽可能占据最少的空间。

当她回到大厦,艾伦和他的女友就在停车场,发放一桶浓稠的鱼和米饭的混合物。环绕他们的至少有半打蹲着的猫,专注地啃吃,仿佛食物随时会消失。

"嘿,莉萨!"艾伦唤她,"晚上可好?"她尽力点头,甚至挤出一点微笑。他朝脚边的动物耸了耸肩。"它们真是伤透你的心。这些猫。"他装作恶意地轻轻拍打其中几只,同时又咧嘴表明这是一个玩笑。"但她依然爱它们。"他的女友正在发出咕咕的吵耳的声音,抚摸着它们花斑的头,它们却只顾咀嚼,发出微弱的咕噜和喵喵声。艾伦似乎随时准备回家,但她看起来决心留下,确保它们吃完这些杂碎。

当莉萨踏进公寓的时候,它看起来更小了。她第一次注意到那股隐隐然的陈旧气味。她反锁了门,拉拉它,确保已经关上,检查淋浴间和盥洗盆的活塞。迅速走遍房间,乒乒乓乓拉好隔蚊网和厚窗帘,确保它们能够覆盖整扇窗,每一个角落。她这才意识到自己一直屏着气,现在,自她喉间涌出的喘息,终于释放出来。当她关上灯,黑暗就是一切。

即食眼泪

撰文　蒯乐昊

满纸荒唐言　一把辛酸泪

很久很久以前，有一位皇帝，嗜食泪水。

没人知道他这个爱好起于何时，可能是在吃厌了珍馐美味之后，在一次偶然起兴的亲热之时，尝到了宫女脸上的一滴眼泪。他马上理解了仙人餐风饮露可得长生的滋味，世间最上等的露水就是少女的泪珠。

然而露珠易得，泪水难求。这个国家的臣民，不知为何，并不擅长哭泣。历经战乱、饥馁、瘟疫、离丧……他们只是哽噎着咽下悲伤，迅速风干了泪痕，沉默地继续投入生活。长期缺乏抒发悲痛的渠道之后，这一族人渐渐习得了一种健忘之症，他们把真实发生过的事情，跟看过的电影、小说、诗歌混为一谈，可当他们试图去查找这些电影和书籍时，却总是一无所获。久而久之，他们就迷惑了，以为自己在发梦，这成了族人得以自愈和健壮的一桩本事。

以前,皇帝觉得这样挺好,四海升平,共襄盛世,但嗜上饮泪之后,他觉得这可太没劲了。

"他们怎么连哭都不会?哭还需要教吗?小孩儿生来就会哭!"他不满地对身边亦步亦趋的权臣说。

"陛下所言极是,哭乃人类最大的天赋。月有阴晴圆缺,人有喜怒哀乐,哀,实为七情之首。"权臣毕恭毕敬地说。

这位权臣,是国土范围内最为博学的人。不管皇上的脑瓜子里冒出什么想法,他都能脱口成章,调动相应的典籍作为佐证。皇帝敏而好学,到哪里都愿意把他带在身边,但权臣也解决不了皇上嗜泪的问题。

"爱卿,待寡人问你,你决计不要说谎,你多久没哭过了?"

权臣抬手拭了拭额。"说来惭愧。老臣上一次落泪,还是先祖平定叛军、收复边疆的时候。自陛下登基以来,风调雨顺,生民安泰,当此太平盛世,竟许久未曾哭泣。十年前慈父见背,我扶灵大恸,但也只闻哀声,泪道竟是干干的,真是枉为人子。"

皇上有些扫兴,连这个国家最聪明的人都不会哭,这事还有得救吗?他尝试过对宫娥用强,霸王硬上弓,逼她们掉泪,但她们在最初的吃惊过后,就摆出一副蒙主隆恩受宠若惊的模样,有好几位甚至憋不住笑场了,不但哭不出来，还曲意逢迎。事毕，倒是皇帝心里憋屈，怅然若失，觉得自家吃了大亏，有点想掉眼泪。

内务府已经想尽办法在帮他收罗泪水，但产量还是有限。他们打起了新生儿的主意，每个呱呱坠地的婴儿，发出人世间第一声号哭，接生医生就马上用一根极细的采泪管，吸走他们所有的眼泪。这种名为"初啼"的眼泪，按产地、年份、男女童性别，分门别类地贴好鹅黄色的标签，一瓶一瓶送入宫中。

一开始皇帝只是把眼泪当作美酒，小饮怡情，争奈酒量越喝越大。人类靠哭泣疏解心中郁结，类似一场小型排毒，每一滴泪水里，都携带着微量毒素，皇帝不知不觉中染上毒瘾，无法自拔，每日非泪不饮，到了得把眼泪当水来喝的地步。

这样一来，全国的供给就吃紧了。集举国上下之垂泪，不足以解一人之急渴。

新生儿眼泪的榨取，也到了变本加厉的地步。孩子一生下来便被纳入集体养育，医院常常不给他们奶喝，婴儿们嗷嗷待哺，因饥饿而哭泣。但是不给奶喝也有一个问题，没有奶水摄入，身体水分不够，泪水也会不足。这需要精准的分寸拿捏，当护士们观察到某个孩子哭到偃旗息鼓，再也没有眼泪可分泌的时候，就开始给他喂奶。婴儿们一天天长大，渐通人事，他们已经摸清规律，只要放弃啼哭，脸上浮起奄奄一息的怪异微笑，就会有奶喝，于是像巴甫洛夫的狗那样养成了条件反射，他们哭得越来越少了。

而在另一边，人们发现，如果婴儿一生下来便被抱走，月子里的母亲，由于思念孩儿，也会哭泣，加之产后激素水平骤降，她们哭得撕心裂肺，情绪毒素极强，令丈夫们无计可施。泪水促进了乳汁的分泌，没有婴儿的吮吸，乳汁郁结，炎症和躁狂又引发了更多成分复杂的泪水。于是年轻母亲的泪水也被充分地采集了，这些泪水，据皇帝说，风味尤其独特，冰镇过后，传递出复杂的味觉层次，令人胯下一紧，类似龙涎、乳香、没药的气息阵阵袭来，如同大海上拂过的咸风、雨林里泼过的疾雨，野性，暴烈，十分上头。皇帝饮后如痴如慕，为此水赐名"弥月"。

当婴儿长到不再轻易哭泣的阶段，他们就会被送回到母亲身边，但也不能一概而论。有时候，婴儿已经不哭了，而母亲还在哭，这个团圆就要再缓一缓，让初为人母的女子再多承受一段骨肉分离之苦。母亲们渐渐学乖了，那些率先停止哭泣的母亲，也最早领回了孩子。

且说京城南里贾府，家中世代袭官，富贵泼天，独苗公子名唤宝玉，顽劣异常，生性不喜读书，因祖母溺爱，镇日只在脂粉队伍里厮混。有位姓林的表妹，年幼丧母，祖母怜她孤苦，十二岁上便接来贾府教养。这位妹妹乳名黛玉，貌若天人，眉间半蹙如远山之黛，冰肌玉骨质比岫岩,非颦非笑,力压西洋摩娜离纱。天生得一段风流,目下无尘,自小体弱多病,药不离口,更兼爱哭,每天不是迎风落泪,便是对月长吁,闲了要么读书,要么吟诗,这两桩雅事,也都需要以泪辅佐。那贾家公子亦是有些痴病,恐妹妹伤了身体,常常软语温存,做小伏低,得了异国奇珍古玩,旧籍新碟,必要先送至黛玉房中,二人凑做一处,共同把玩赏析,兼又学了许多笑话像生儿在肚里,每日搜肠刮肚找梗,只要哄得林妹妹开颜一笑。

一年大二年小的,这对小儿女渐渐长大,贾家个把明眼人,看出他们情投意合,再怎么两小无猜,也是男女有别,生恐他俩情难自禁,做出什么不体面的事来,叫人看着不像。凡有生日节庆家族宴聚吊拜之事,总是尽量把两人远远隔开。几个贴身丫鬟,也都接了夫人的密授,"盯死那两个冤家",不许他们兄妹两个私相接触,凡有见面,丫鬟们都在场团团伺候,端茶倒水须臾不离,许多只眼睛铆紧了在他们身上,牧羊犬似的,不许羔羊迷途。只有老祖母不忍,私下嘀咕:都怪那和尚,说宝玉这孩子不宜早娶,不然就把林妹妹许了宝玉,岂不四角俱全?这些心思,众人日常不免带出来,被宝黛知晓,像捅破了那层窗户纸,反而不好意思起来。本来两个人哪天不见个四五回,林妹妹潇湘馆的门槛都叫宝哥哥的乌锥靴踩得矮秃了几分,现在倒好,林妹妹要自庄重,算着他要来,就提前躲出去。

园子里劈面撞见,也只是远远站着问个安好就抽身离开。宝哥哥见她益发瘦得形销骨立,几件单衣穿在身上轻若无物,披挂不住,像是一团烟雾随时可以升空飘走,忍不住想像小时候那样上前擒住她袖子,问问她夜里睡得可好,一晚上咳醒几回。还来不及走近,黛玉早红了脸,轻轻退开几步,宝玉便自悟这些问题狎昵造次,幸而未出口,出口便是唐突了她。

可怜一对痴心人,心里牵肠挂肚,面上倒生分了,到了夜晚,又各自擎着旧帕子,多饶好几掬热泪。

只说那宝玉胡愁乱恨,坐卧无心,小厮茗烟见他闷闷的,忍不住问他,"宝二爷为何总不得开心?丫头们不懂,说予茗烟听听,说不定倒能宽宽爷的胸怀"。宝玉这日违反宵禁,偷溜出门跟北静王喝多了酒,跟跄回府,蹬了鞋子倒头朝床里睡着,正不耐烦,见茗烟巴巴儿地沏了自己最喜欢的枫露茶来,一时酒酣心热,言语便有些不防头,"按说这话跟你们说不得,但我这日夜揪心,林妹妹为我愁出一身病来,偏偏大事难定。她如今父母俱没了,无人主张,将来终身靠谁?有老太太在一日还好一日,老太太要是没了,还有谁知疼着热?也只是任人欺负罢了"。

茗烟凑上前来,唉嗻数声,把右手掌背放在左手掌心里掼了一掼,悄声说道,"偏生老太太又病着,不然你们早日定了姻缘,岂不彼此放心"。接着声音放得更低,"照我说，老太太这个病情，也是要冲冲喜才好呢，说不定见你们行了大礼定了大事，老祖宗心里头一畅快，这病就好了也未可知"。

宝玉摇头，"如今老太太病重，谁敢出头张罗？此事非得老太太开金口，别的人万不敢贸进主意。你也知道这府里，有多少个人就多少条心眼子，你不吃人，人要吃你。更何况天下大疫，百兴俱废，这家业也一日不如一日。不说别的，光是定亲行大礼这一项，便是违逆朝廷法令，聚集传播，断断使不得的。老祖宗自打染病，一直单独隔离，凤姐姐带着周瑞家的，用九层纱把眼耳口鼻裹得密不透风，亲身守在门外。连我想进去请个安，照一照她老人家的金面，孝敬一两道清粥小菜，都不能够。万一哪天驾鹤西去，守孝又是三年，何谈婚嫁？就算我等得起，林妹妹这个身子骨也等不起。她本就肺虚气弱，此疫对她最不相宜，全靠着不出门不见人才保全到今日。她这一身的病，皆因不放心而起，我却不能教她放心。我自知愚顽，与家与国本来无望，只求能跟这几个至亲至爱之人厮混一世，谁知竟不可得。上不能对老太太尽孝，下不能对林妹妹尽情，天地之间留此一我，又有何用？"说毕滴下泪来。

这壁厢宝玉耽于儿女情长，不谙世事，竟全然不知外面的世界变幻，摧城压顶。原来京城门阀世家结党营私，贪腐舞弊，危及社稷，为振乾纲，今圣明察秋毫，痛下决心一查到底重重惩治。非但拔出萝卜带出泥，更兼挖出盘根错节的关系网络。但高官巨富历代皆联络有亲，官官回护，倒像一棵向黑暗泥土之下蓬勃生长的大树，地面之上枝繁叶茂，地面之下根深蒂固，如贾雨村手下门子展示的那张"护官符"般一损俱损、一荣俱荣。为了扫除弊政，已把京城政要家族折损大半。贾家仗着宝玉的胞姐元春进宫多年，德尚凤藻宫，早早被册封为贵妃，期间几度省亲，风头一时无两。结亲的几大家族里，甄家、薛家、梅家都被查抄谪贬，家眷男女被发配边疆，贾、王两家倒还稳健，自恃朝中有人护持，又不曾干大伤天害理之事，虽是心有戚戚，只说谨慎低调，混过这阵风头便罢了，没想到近日北静王水溶篡权通敌事发，干系到一众贾家子侄，坊间听闻得贾家要败，举报信如雪片般飞至官府，连贾家当家媳妇王熙凤，也被人牵出收受巨额贿赂，拆庙拆婚致人自尽横死之旧事。

皇上震怒：连一个大字不识的妇道人家，都敢弄权干政，谁给她的胆子？可见朝纲败坏到什么程度？万没想到，朕革除弊政，除到自己宫里来了！贾府管不好子侄，根子是有贵妃撑腰，有恃无恐，贾府之罪，首在贾元春！

若不管好贵妃，如何堵得天下悠悠众口？作为天下明主，皇帝打算拿出大义灭亲的态度，绝不徇私。一道密旨，贾家被连夜查抄，有爵位者即时革官，男女老少家人仆役，虽未投入大牢,皆原地软禁,吩咐刑部严密看管,足不许出户,亦不许自寻短见,日常供给,按罪臣规格暂时发放,费用从查抄物资中抵价缴付,只待皇上查明原委,听候发落。可怜元妃,深更半夜从毓琇宫被拖至大殿,连鞋都来不及穿,两只玉足在地上被拖到流血,披头散发,掳去凤袍,当面问责。

元妃长跪不起,多年未曾哭过,泪道早已干涸,架不住惧罪羞愤,一时间喷薄而出。自诉对水溶罪行一无所知,虽与北静王妃交好,也不过是妇人之谊,眼下只求速死,替父兄抵罪。本来皇帝对宫里这几个资历稍长、家世尊贵的妃嫔已经很冷淡了,但见她不施脂粉的脸上如新雨洗过,像山谷里顶着薄薄流水的溪石,晶莹可喜又楚楚可怜,虽是早年间宠幸的旧人,此刻倒有了几分新意,不由得心下一动。又见那珍贵的泪水一串串滴落,由睫毛而到颧骨,由颧骨而到脸颊,由脸颊而到下颌,最后飞快滑过下巴,淌到了领子那里就消失了,瞬间被厚重的宫服吸收得无影无踪。皇帝眼巴巴看着,心下捉急,这简直是浪费粮食啊!他等不及喊太监用琉璃吸管和碧玉盅上殿采泪,亲自凑上前来,以唇相就,把元妃脸上如珠般滚滚落下的眼泪一一舔了。

那元妃本自哭得投入,想起家世之悲,深宫之苦,委屈得抽抽搭搭,泪水一发不可收拾,不防备皇上这欺身一舔，倒吓了一顿好的，泪腺顿时收紧。她深锁宫闱，圣上恩情寡淡，几时能跟男人挨得这般近了？加上那条湿答答的大舌头在脸上卷来卷去，着实奇痒难禁。哭到后来，她竟吃吃吃笑了起来，两人在地上和衣而抖，软做一团。太监进来吓了一跳，还以为这对老鸳鸯双双中风倒地，急忙扶将起来，才发现元妃娇喘微微，满面春色，而皇上一脸满足，沉浸在回味当中。

据皇帝事后品评，元妃虽然年岁稍长，不再有少女况味，但胜在圆熟丰润，如晚秋经霜之果。更因许久不曾哭泣，此刻急火攻心，初爆之泪珠便有酸涩，入口辛辣，微苦，口感炸裂，直冲囟门。元妃多年来养尊处优，着实有些胖了，身体里富含的油脂在泪水分泌上也有体现，主调渐次丰厚甘肥，如上好鹅肝在味蕾间融化。戴罪之身，又为这主调增添了一丝复杂的炭火炙烤焦香。到了尾调，百味杂陈，则亦发雍容正大，甜而不俗，纷而不乱，如舌尖上的交响乐。皇帝暗叹，毕竟是豪门贵胄之女，血统优越纯正，泪统也别具一格，加上即产即品，省掉了收集存放工序对泪水新鲜度的干扰，没有中间商赚差价，端的是一场味觉盛宴。

皇帝一心要为元妃之泪起一个出类拔萃的好名字，他揣摩着滋味配比，这名字要兼有二分辣、三分苦、二分皇家风范、一分罪孽谜踪、一分甜和一分不可描述，方可拟得洽切。凡事事必躬亲、总是乐于亲自为泪水命名的皇帝犯了难。他想来想去不得要领，最后召来翰林院大学士，絮絮叨叨描述了半天。学士没有尝过这等至味，一时也很茫然。要是普通的瓶装泪水，产自民间，就算是限量版，他还能斗胆提出尝上一尝，以资文思，但品啀贵妃之泪，无论如何都有些僭越了，实在说不出口。好在无中生有乃是本朝官家文人之绝技，大学士自负饱读诗书，尤其精于用典，领了任务回去抱脑袋想了三天，陈上数十款名字供皇帝甄选。皇上文学底子不错，最后选了三个字：椒房雾。

名目一定，圣上龙颜大悦，连贾家的罪愆都觉得没那么严重了。自从大殿尝泪，他已心生恻隐，打算先狠办了主犯北静王水溶，压服口声，至于从犯贾家，谅他们也掀不起多大的风浪，不妨暂缓治罪，留观待定。他也从元妃的泪里得了灵感，命刑部专门收集罪臣之泪，审讯时便由两个小吏从旁擎大吸管候着，家眷子女概莫能外，按身份尊卑，采集封存。元妃免除了死罪，从冷宫紫幽宫中迁出，暂且安置在未央苑，尤其叮嘱太监宫女：一旦发现元妃情思忧结，有啼哭之意，千万别劝，速速来禀寡人。

只说那元妃，深知圣上虽是一时心软，但自古君王喜怒无常，一人之急泪，半世夫妻恩情，也不过是暂解了眼前之困，贾府之罪仍未免除。更何况在那之后，皇上几次入她寝宫,她过于紧张,泪水分泌相当勉强。要说第一次她哭是自然流露,后头这几回,都是为哭而哭且哭不出来,紧接着是被这哭不出来吓哭的。她看得出,皇上一次比一次不尽兴,旧爱难敌新宠,要是他再多来几次,她恐怕就真欲哭无泪。她也看得出,对她的家族,皇上虽然暂缓治罪,但也不想彻底免罪,他要用这罪吊着她,慢慢折磨她,令她痛苦,痛苦才会让她身上产出他想要的东西。她服食大量南洋菠萝、玉兰花瓣和虞美人花籽,以求增加泪水的芳香和成瘾度。也曾试着让宫女用辣椒和洋葱帮她提前催泪,但这两剂皆刺鼻,影响泪水的风味,也瞒不过皇上那比狗还灵的鼻子。忧戚之下,元妃急急重金密托心腹太监,借着传旨的机会,将一封紧要书信夹带送入贾府,呈父亲贾政密阅。贾政一看,汗如雨下,深知满族安危皆在此一举,但此事为难,还得女眷出面安排,只悄悄命人去传王夫人和凤姐儿前来商议。

那凤姐儿虽不识字,见着是宫里密传出来的书信,老爷又是这等气色,早已猜到大半。王夫人是个没成算的,嘴里只会说"这便如何是好",凤姐倒暗暗拿定了主意,劝慰道,"太太不要慌,现如今也只好试上一试,林姑娘来咱们家住了这么些年,今时说不得往日的话了"。

王夫人一脸作难,在身上摸着帕子:"我一则是为她,二则也是为我那个混世魔王。那时候他们小,紫鹃不过是说了个林姑娘回苏州去，你兄弟就魔障成啥样？那满府里都是知道的，怕不曾丢了半条小命！现今他们大了，心里也都存事了，若要是把林妹妹送到那见不得人的地方去，留下我这呆孩子，可不得沸反盈天？要是再有个三长两短，不说别的，老太太醒了可怎么交代？"说着一阵心酸，便拿帕子在眼角边拭泪，却又是干干的。

贾政怒道，"妇道人家！什么时候了，你还只知道回护那糊涂孩子？你可知这孽障犯下的事？累我百年家业，满族男女！这次若不能脱罪，我和宝玉纵有一百条命，怕也难逃出生天。幸亏老太太现在糊涂着，省了这摧心痛辱。老祖宗但凡是有福的，此刻走了，倒还是一生荣华，名节不败"。说到最后，声音已至劈哑。王夫人听了，一句不敢言语。凤姐忙解劝道，"老爷，事已至此，急也无用，白急坏了身子，这一大家子还靠您撑着天呢。依我看，贵妃这主意甚好，因为大疫，宫中选秀已经断了三年，偏就今年疫事暂缓，倒恢复了。也是祖宗保佑，说不定是贾家死里逃生的机会。日子也紧，就在下月。我方才听元妃姐姐信里这言下之意，罪臣之女本无缘参选，好在姑娘姓林，如今只作姑苏盐司林氏之女，不提曾在贾家教养。料必还得元妃姐姐在宫里暗中使力使钱的运作，掩人声口。咱们倒要早作主意才是"。

贾政摊手冷笑道："主意？我哪还配有什么主意？我算

命小福薄，一生没得个争气的儿子。所幸剩这一女，倒还意征鸾凤。贵妃的意思，我无有不从便是了。谁要胆敢拦着，我便是掐死宝玉，也不能让他坏了祖宗基业！"说着拿眼睛瞪王夫人，夫人吓得抖衣而嗽，只是干咳干哭。

凤姐转过脸来又劝王夫人，"太太，此事不可不行。贾家若是败了，你想想林丫头这样未出阁的姑娘还能怎么了局？非是我歹毒，黄口白牙咒她，那入籍为娼都是有的。远的不说，近的就那甄家，平日里千娇百贵的小姐，最后死的死卖的卖，您也是深知晓的。元妃姐姐说得没错，圣上癖好嗜泪，无泪不欢，林姑娘偏偏生性好哭，倒是天作合的一对。何况这天大的富贵，也不是害她，真要选上了，解了贾府之困，她一生体面荣华，贾家出落得一双凤凰，跟元妃姐姐在宫中也能互有接应。夫人，您想想林姑娘那脾性儿，要我说，也得是皇家的气格才接得住这种哭法，寻常人家娶了这等哭哭啼啼的，倒未必于家族气数有益"。

王夫人扯着嗓子道："这个我岂有不知的，我的意思也是这样，只怎么瞒过宝玉才好，免得节外生枝。"

凤姐道："这有何难？想这些年，也经了些事端，老爷太太且往回想，其实早有端倪：宝玉之命，命在通灵。那年丢失了通灵宝玉，宝兄弟就犯了糊涂，魂魄出窍，人事不知，求了多少名医皆不中用，夫人和老太太连带众人围着怕不哭死，但宝玉实在性命无虞，只因生就不是寻常人，到了关键时候，自有那一僧一道前来护持。如今贾府有难，宝兄弟也自忧心，依我说，倒不如暗中收了他那玉，严藏在要紧的地方，只趁宝玉昏睡失神，咱们密密筹备林姑娘之事，下个月送入宫中，完了大选，再把通灵宝玉物归原主，不过是白睡一个月大觉，省了熬煎。待他恢复神知，生米已经做成熟饭。宝二爷原是年轻男儿肚肠，见一个好一个，过得几年，咱府上恢复了元气，再聘娶几房美貌贤良的妻妾，也就丢开不提了。"

此计一出，连贾政都捻须点头，沉吟不语。王夫人擒了凤姐的手道："我的儿，有你在，我是放心的。此事就交于你了，林妹妹那里你张罗好。通灵宝玉是我这痴儿的命根子，须得我亲身保管，我已拿定主意，拿来用帕子仔仔细细包了，就镇在咱们家铁槛寺的鎏金菩萨座底下，让菩萨替宝玉暂且收着这一缕通灵，方才不得舛错。这个月我带着丫鬟就吃住在庙里头，守在菩萨跟前跪着，长斋念佛保佑你们行事顺遂，菩萨慈悲，断不会眼看着我们贾王两家……"她本待说"家破人亡"四字，只恸得说不出口，终于滴出泪来。

贾政见凤姐机变爽利，又识大体，心里也放心大半，交代凤姐儿道，"入宫候选，本是你们妇人娘子的事，恐怕姑娘害羞，我从中说话不便，也须你去跟林姑娘开口。那林丫头,素日有些个左脾气,你只好言解劝,陈其利害,休要由她小性"。

凤姐听闻这话,停了一停,倒开口笑道,"老爷此言差矣。姻缘大事,本该父母之命、媒妁之言,林姑娘双亲俱已没了,这事便应老太太、太太做主,只因此时乃非常之时,稍作权宜。我虽年长她几岁,只是平辈,又是外戚,左不过叫我一声姐姐罢了。何况兹事体大,交关着全族百来号人的性命安危,林妹妹虽弱,骨子里是个烈性要强的,万一不允,任性起来,寻死觅活,那时又待怎么处?老爷是她嫡亲娘舅,此事正宜老爷亲自主张,她倒不好违逆的。自然由我出头去说,只是老爷也要在场主事才好,晓之以大节,方才是礼"。

贾政闻言点头,深叹口气道:"还是你想得周全,便依你如此行罢了。"

一时商议已定,便急急张罗起来,王夫人连夜命袭人趁宝二爷熟睡,从他颈中卸了通灵宝玉。王夫人亲自用帕子密密裹了,带着几个丫鬟,收拾了些随常衣物铺盖,搬进铁槛寺住下。果然第二天宝玉一醒来便有呆相,口角流涎,问他什么,惟痴笑而已,如同魔怔了一般,眼里没了神采,嘴里也说不出一句整话,推他,他身子是木的,给他个枕头,他便复又睡下。几个丫头尽皆慌了,忙着要跑去禀报,被袭人一一拦下。那袭人因有王夫人交了底,又有前几回宝玉迷神的经验,此刻倒不惊慌,只说你们好生服侍,断不许出去乱说乱问!查出来便即打死!吃便由他去吃,睡便由他去睡。只不许他跨出这房门,只消过得一个月,宝二爷就会安然无恙,老爷夫人自然重重赏你们。

丫头们虽心下狐疑,一时也不敢别有他说,只得上心勤力地照顾,好在宝玉也不吵闹,只是一昧贪吃贪睡,比他正常的时候伺候起来还容易些。

那贾政和凤姐,推说王夫人病了,来跟黛玉说进宫之事,心下都有几分怵,皆不知黛玉会怎么个撕心裂肺法。谁知那黛玉一路听完竟不言语,也不悲戚,脸上一丝儿表情也无,眼神儿直直的。凤姐见她亦有呆意,心想真是冤孽,那个已经呆了,这里又呆了一个。不由得含笑推她问道:姑娘意下如何?那黛玉回过神来,细细朝凤姐面上打量了一打量,倒像不认得她似的。凤姐又问了一遍,黛玉便开口道:"本来宝钗姐姐要走这条路的,不承想她家先败了,如今倒竟换我替上。"

贾政听见这话倒像是有几分情愿,心下大喜,道,"宝姑娘福薄,不比林姑娘生就是天人之相,在咱们家委屈了这几年,此番一去,必如凤凰栖梧"。黛玉微微一笑,说,"罢了罢了,舅舅再不必说这等诳语。我原道不过是还神瑛侍者几掬眼泪,谢他当年雨露浇灌之恩,顺便下来游历游历,能有何难?没想到此劫竟还未完,还个眼泪水,还要这么个还法！此生此世，专只还给他一个人还嫌不够，还要拐着弯儿还给他全家，全国，全天下！这算什么哈得模式？"

贾政凤姐闻言皆是一愣，不知她疯疯癫癫说的什么不经之语，正待细问，这黛玉又哈哈大笑起来，对着空中直呼道："哈哈哈哈！有趣！有趣！癞头和尚！跛脚道士！你们快出来评评理罢，宝玉这缩头乌龟羔子又躲在哪里？装什么没事人？他之前跟我说，我若嫁人，他出家当和尚去。我马上就嫁！下个月就嫁！你们快问着他！如今他到底当是不当？若是当了，就速速给他剃度，把他带回青埂峰销账！顺便帮我问问，我这债何时能完？我们一起来的，怎么着不能一起走?！"

贾政凤姐听她声色俱厉，越说越不像，心中俱想：完了完了，此人已是失心疯了，这副口眼歪斜的模样，就算能顺利送进宫里去，也是个疯婆子了，恐怕还要惹祸！但黛玉嚷完这一通，朝空中直勾勾地看了一会儿，复又安静下来，凝神屏息，回归了大家闺秀的静气。她瞧也不瞧贾政，只对凤姐缓缓开腔道，"姐姐这么个聪明心肝玻璃人儿，反被那帮子糊涂男人利用了，殊不知人间种种，如警似幻。今儿我越性说破了。我再告诉姐姐一句话，你且记着：三春去后诸芳尽，各自须寻各自门"。

凤姐闻言，身子如被人猛地一撞，说不出的大惊大骇，心想：这原是东府里小蓉大奶奶仙逝那夜，她在我梦里念的那两句，这世上再无人晓得，黛玉如何知道？在此刻说了出来？她看着黛玉修身玉立，袅袅婷婷，周身光华夺目，毫无半分人间烟火气色，突然既敬且怕，不由得朝黛玉拜了下去，口中说道："熙凤愚钝，大祸临头方才自知，妹妹如肯出手相救，我愿来世做牛做马，报答妹妹的恩情。"待她抬起头来，林黛玉早已不在房中。

黛玉没有反对进宫选秀，倒让凤姐心里有些不踏实，后续所有那些安排：裁缝量身赶制新衣裳新鞋袜，找顶尖的画师来画肖像，学习宫里规矩……她也一一服从。凤姐怕她只是面上应承，暗中偷偷寻了短见，隔三岔五便找紫鹃打探。紫鹃说姑娘饮食起居倒跟从前没啥两样，煎药服药也都照常，只有一桩可纳罕，从前日日好哭，哪天不哭个七八回呢？便是一个人在廊下怔着，也是眼泪汪汪，泪道总没干过。自打上次回来，竟再没见姑娘哭过一次。顶多只是冷笑，每天守着个炭盆子烧她的书和诗稿，一边烧一边咳，把潇湘馆里弄得烟熏火燎。姑娘本来藏书颇丰，这几天也烧得差不多了，昨儿还把几条旧帕子也烧了。那几条帕子，也不知哪年得的，上头还题了诗，姑娘爱如珍宝，天天攥在手里，布料都使稀了，还舍不得丢，昨儿看都不看就扔进火盆里了。雪雁到底一团孩气，白问了句，姑娘你把帕子全烧没了，以后都不哭了不成？紫鹃说到这里，看了凤姐一眼，就不说了。凤姐道，你但说无妨。紫鹃便又接着说，姑娘便笑了一下子，说，怎么？怕你凤姐姐不给我置办新帕子不成？只怕加量置办，一辈子都使不完呢。

凤姐听了，脸上一红，她还真是让姑苏绣工给林姑娘绣了好几打新帕子，各种颜色，好搭衣服的，还没送来呢。楚王好细腰，宫中多饿死，自打皇帝添了嗜泪之癖，民间早盛起了帕子风潮。豪门千金随身带的帕子都是金丝银绣，喷各种催情催泪的香料，时不时掏出来在眼角拭上一拭。宫里宫外，皆时兴画一种"星泪妆"，上下眼皮子都抹得红红的，眼角朝下撇描画眼线，像是刚刚哭罢，或者随时能哭，脸颊上贴几粒泪滴状的透明水晶，看起来泫然欲涕。就连画师画的选秀图，也会在秀女眼角贴几粒晶片或云母，暗示着她丰沛的哭泣能力。哭是秀女的美德，凤姐本自对黛玉的哭泣能力满有把握，听紫鹃这一讲，万一林姑娘哀莫大于心死，就此不会哭了可咋办呢？

许是王夫人在铁槛寺日日念经真的管用，选秀之事一路顺遂异常，贾府买通守门人，一顶小轿，趁黑提前数日把林姑娘并几个贴身丫鬟从荣国府里偷偷运了出去，送到姑苏会馆密住，只说盐司之女刚刚进京。到了大选那天便从姑苏会馆进宫，教人瞧不出破绽。皇上窥见黛玉那似蹙非蹙、含嗔薄怒的俏模样便情难自禁，只想一亲芳泽一尝珠泪,又见她周身傲气,粉红微肿的眼睑,一望而知是天然,不像其他美人靠硬画出来,听闻此女极是善哭,心下一喜,当场册封为贵人。

说也奇怪,皇帝平日颐指气使,到了黛玉这里偏不敢造次,嘘寒问暖,做小伏低,又怕美人哭,又怕美人不哭,小心翼翼,生怕一口大气,就吹倒了这倾国倾城的貌、多愁多病的身。黛玉本来极冷淡,拿定主意绝不拿正眼瞅皇帝一眼,如今见他这副德性,活脱脱倒变成另一个宝玉。想起宝玉,心里一痛,泪水便模糊了眸子。不知宝玉现在何处,知她要进宫,怎的面都不照?连个像样的告别都没有,魂梦更是再不相通。想是男人懦弱,为了保命,便舍出她去。原只道同死同归的,不想孤身遭此荼毒,别人羡她富贵,可她已经看到了终局:违心即是薄命。

皇帝早不会哭了,瞧着黛玉哭得梨花带雨,像古往今来唯一一个真正会哭的人,替所有人发出他们的哭声,心疼得不知如何是好,亦不敢上前轻薄饮泪,竟也一屁股坐下哭将起来。两人毫无话讲,只是对哭,凤姐给定做的软烟罗纱帕哭湿了一条又一条,哭声越来越大,连太监宫女都加入了吟泣。宫里宫外,一叠叠悲声大作,此起彼伏,轰隆隆的巨雷贴着琉璃瓦过去了,闪电如银白的雪刃劈开大地,瓢泼大雨没日没夜地浇下,大江大河决堤而溃,不知从哪里泄流下来的洪水奔涌,流离失所的人们终于会哭了,他们哀嚎着四下逃命,眼睁睁看着水流冲走了他们的房屋和牲口,目之所及,皆成泽国。

在没完没了的山洪和雨水中,大山变成了小山,小河变成了大河,平原变成了湖面,盆地变成了深潭,连绵不断的山峦,变成了大海中星星点点的群岛。只有大海还是大海,即便变成了更大的海,也只能享有大海这一个名字。自打建成以来几百年不曾淹水的皇宫旋即被淹没,日晷和龙椅都在滔滔白水里漂没影了,只剩宫殿顶端蹲坐的瑞兽露在水面之上,水波动荡,远看仿佛几只水生动物在游泳时不断探头出来换气。黛玉早不见了,但那道哭声还在,不止不休。大口喘着粗气的皇帝死死攀在殿顶横卧的一条螭龙之上,那是忠心耿耿的太监小李子用尽最后一口力气把他顶上去的。洪水一分分上涨,皇帝不敢松手,张开嘴巴呼救却发不出一点声音,大雨泼进他的嘴里,他浑身冰冷湿透,已经几天几夜没吃过一点东西。此刻的雨水,他尝了尝,居然是咸的,酸涩,带着汹涌的土腥气,就跟人的眼泪一样。

历经战乱、饥馑、瘟疫、离丧……
他们只是哽噎着咽下悲伤,
迅速风干了泪痕,
沉默地继续投入生活。

蒯乐昊

霉菌

撰文 颜悦

我至今都不明白我为何对你如此愤怒,你什么都没做,却让我崩溃般地愤怒。

总的来说你是一个好人,很好的人。

但我的愤怒也是很好的愤怒。

我对他的迷恋,或者说,对那个高高在上的轮廓的迷恋,是从什么时候开始的呢?

我刚刚开始找工作的那个冬天,和姐姐租住在那种四分五裂的上海老公房里。我们跟邻居共用一条过道(也是他们的开放式厨房),每次出门,我都要路过穿着裤衩刷锅的大叔,看遍他们锅底剩的残渣,穿过他们挂在头顶的睡衣和内裤,避开他们堆在楼梯口的潮湿的大米和五香豆,才能走到让人愉悦的街道上。回家的时候,我也要做足心理准备,再次穿过他们的整个家庭,几乎是从邻居大叔的消化道爬回我那小房间里。我并不抗拒任何一种荒唐的生活，尤其是潮湿的、阴影下的、布满霉菌的生活，我年轻的皮肤上有针对这种现实的疏水层。

我从学生生涯骤然结束时讲起，因为那时我终于可以沉入刺骨的现实，享受其中多汁的绝望。因为没有任何实际生活经验支撑，我只能去找一个创作类工作，用力地告诉一小部分人该怎么样像大部分人那样生活。

我每天在我那小屋里捯饬一番粉底霜、眼影和唇膏后，坐地铁去徐汇的各种写字楼里面试，双眼无神，有如两枚纽扣。

收到"博大"写作计划的录用消息时，我正在苦恼如何处理厨房吊柜里的霉菌和死蟑螂。我为了不沾到吊柜里的霉菌，买了日本产的"蟑螂小屋"这种废物。现在一只巨型蟑螂正安心地熟睡在我给它布置的精美小屋里，那个"蟑螂小屋"比我的小屋还要好看，它如此干净，如此有欺骗性，以至于我完全没有考虑到我也要亲手处理它。以前我只需要处理掉蟑螂本体，现在我还要思考怎么处理掉蟑螂以及包裹着它的巨大精美小屋，或者我干脆直接退租，花重金请人来给这只蟑螂打造一个虚拟现实？

然后我去了你家。作为"博大"计划刚入职的初级编剧，你的家有挑高三米的拱顶，阳光洒进来，冰箱、微波炉、烤箱和厨房墙壁跟真相一样洁白，完全不给霉菌留藏身之处。

我告诉我,你的柜子都是嵌入式的,我看到那些柜子的把手都是凹进去的,心想,不知道你平常会不会在家攀岩。

我的视线沿着柜子线条滑到无瑕的墙角,撞到一台纯白的马歇尔三代音响,它正唱着"Redbone"。现在想来,只是一台普通的音响,但它分明发出了能穿越平流层的圣光。

我们成了很好的朋友。我现在意识到,自信、风趣的进步男性身上潜在的风险,比不进步的那种更可怕。你无拘无束的表达,你跟我谈性解放的方式,你改造我的信心,你激动的唾沫,让我感觉我坐在一个洒满阳光的甲板上,被自由的海水冲刷着。

姐姐说,比起其他更粗暴、更不会说话的男性,你这样有知识有教养的男性更像一串心灵澄澈但防御的油脂层层加厚的佛珠。

我不屑地向她解释,你的世界是多么干净。你的房间一尘不染,完全不需要打扫,你也告诉我,我不能把时间花在打扫房间上,但在你吃了我给你做的无麸质蛋糕后吐了一地,我不得不戴上橡胶手套开始打扫时,我想的是,要奖励你的进步思想,反正我做的食物已经是一种惩罚了。我做饭的目的,不是制造食物,而是置食物于死地,或者置你于死地，每一次晚饭都是一次你和食物之间的决斗。

但当我拖完地，清理完双开门冰箱，擦完全自动马桶后，我看到浴室的墙角出现了一小块浅灰色的霉菌，来自我的旧世界的霉菌。我赶紧用抹布把它擦掉了。

在新媒体公司的熏陶下，我整个人都开始赛博化了。

我刚打开家门，姐姐问："现在什么天气啊？"

"等一下我查一下。"然后打开天气预报。

"你吃枣子吗？"

"什么级别的枣子呀？"

"你是挺中产啊，"她咬了一口枣子，"这枣子好新鲜，像刚从树上打下来的。"

"枣子怎么能是树上打下来的呢？枣子不应该是山姆买的吗？"

"你昨天都没回来，是要卧底在他家了吗？"

"没有，只是一直在跟他一起写东西，马上要交稿了。"

我注意到，你家的牙刷变成双份的，桌布开始变脏，沙发上的靠枕乱成一团。在餐桌上，你从一株西蓝花里抬起头说，你要写那些真正重要的事情，不要做饭了，真的没法吃。

"他帮你看了你的初稿吗？"

"他说他还没抽出时间。"

"他可能就是不想看。"

"为什么不想看?"

"因为他会发现你超过他了。"

"我跟他又不是竞争关系。"

"但他跟你是。"

"我等会儿要去找他了。"

"你超过他,他才能认可你。他不快乐,你才能快乐,"姐姐说,"但你这个人受不了快乐,你从没想过要摆脱不幸,你找到了一种你舒服的方法来享受不幸,让你的不幸恰如其分。"

过了几天,我瞥见你家那块霉菌又出现了,而且颜色更深了。

我开始偷偷地擦你家浴室的瓷砖,我不能让你发现我把霉菌带进你家了。

我回到家时,姐姐已经睡了,我透过窗户看着平流层暖橘色的天光。

有一次我写了一整天,忘记做饭,你就开始一边做饭,一边看着我写。我吃着你做的饭,觉得很愧疚,但你对我说了一段话,那段话很温柔,但语气肯定。

你向我描述我写的东西多么难得一见,虽然打扮成付出型人格很可爱,但作为女性创作者,我要保持住我的独特、我的单纯、我独特的单纯,去反抗糟糕人生的诱惑。

评级日那天,我们终于见到了那个笔名叫卡特的人。

他周身有一股寒冷的气息，但并没有你说的那么特别，他的脸看起来有点疲惫，前额挂着两缕头发丝，风吹不动，像讽刺文学之门上的两条对联。

一些人上台发言，嘴巴一张一合，我听不见他们在说什么。

我对你悄悄说，你有没有发现，卡特的下唇在不说话时是收起来的，像折叠刀一样，不会暴露任何不值得分享的观点。

你说，作为"博大"写作计划中最优秀的一个作者，不论是外表还是内心，他从不需要费心打理。

我再看了他一眼，他的嘴在轻微地嚼着口香糖之类的东西。

你轻声告诉我，卡特得了行业创新奖提名，他的想法天马行空，无人可比，我们要想进入这个行业，最简单的方式就是获得他的认可。你揣测他藏在外套下面用手指轻轻捏住的是哪本参考书，那让他比你更能参透人性。你朦胧地希望获得他眼神的回应。你嘴里喷出的气流冲过我的耳膜，在我的腹部产生了微妙的反应。

我看到你看他的眼神，那种公狼看群狼之首的眼神，你永远不会给我的眼神。你让我意识到，男人欲望的尽头，永远是另一个男人。

我和你被评到了同一级，将独立完成一个作品，并在夏天结束时接受计划的最终考核。

我们庆祝了一晚上，喝了很多热红酒和金汤力。第二天早上，我第一次在你家洗澡，祖马龙沐浴露的柠檬罗勒味漾在整个浴室里，我用洁白的浴巾擦干身体，再把欧舒丹杏仁油涂到闪亮亮的小腿上。我清理地漏的时候，眼前出现了那块霉菌，它又回来了，变成了邪恶的亮黑色。

我撞到浴室玻璃门上，心想，完了。

于是趁你不注意，我下楼去便利店里买了"黄阿姨除菌剂"，狠狠地把那块瓷砖擦了一遍。

这是适度的天才佐以温和的嘲讽才能得胜的年代，我们写的东西既不能指涉现实，又不能离现实太远；既要讨广告商的欢心，但又不能失去风骨；既想要有艺术气质，又要让观众完全看明白；所以既要创新，但又不能真的创新，只能散发出一股浓浓的创新感。我总在家里踱步，说我不知道写什么，我的时间不够了。

计划里几十个实习生中一共只有五个女生，这意味着有四个视角是多余的，如果我们不想彼此竞争，必须要找到女性之外的视角，才能显得独特。

你叹道，不要焦虑，机会都在前面等着呢！

你似乎就是不明白，对于我们女人来说，机会并不是"在前面的路上等着"，机会更像是"在后面的路上尾随着"。

他要么只是无辜地路过,要么就是要掀我们的裙子拍照,或者拿酒瓶敲我们的头。所以你问我们期望什么机会,我们会说,期望机会滚远点,期望机会跟我们各自安好。

"我去找朋友们喝酒。你还是不去?"
"对了,你看了我的稿子吗?"
"你是不是又改了一个新版本?我还没看最新的。"
"没事,我有点累了,还是待在家吧。"
我还没有打扫浴室。
"把你最新的再发给我一次吧,我可以让卡特帮忙看看,我们熟。"
"我不需要他的意见。"
"卡特觉得你很有潜力。"
我说:我没有!我的语气把自己都吓了一跳。

接连几天,我梦见你在问我要一个我没有的东西,钥匙、咖喱粉、午饭、大胸,每一个都让我精神紧张,想抓起那把我没有的钥匙冲下楼去便利店里买。

你的书房里只有一张书桌,你一边说我们共用吧,一边往上面摆满你的东西,我想,你要是不做人,一定能做一摊很厉害的爬山虎。你拒绝让我花钱再买一张书桌,"买重复且无实质差别的产品是资本主义的圈套",我坚持

小说 ⑩ 霉菌

要去宜家买一张便宜的桌子,你答应我下班一起去,等我回到家,发现你跟三个男同事正在把一个怪物一样的木桩拖进客厅;男同事们说,你真是个怪人,一边笑,一边等我倒水,我倒完水,你们还在说太好笑了,越笑越大声。他们的笑声跟你的不一样,有一种我无法忍受的轻浮。我一直低着头,一直等到你们喘气的间隙,我开始笑,边笑边大声说:"因为他太讨厌桌子的概念了,桌子是把树的木乃伊做成了四脚牲口的样子,我们还趴在上面吃东西,是对兽交的模拟。"

同事们回家后,你问我,如果有一天你成功了,我会为你感到开心吗?如果我不会,为了让我感觉好受一点,你宁愿一直不成功。

我没有接话,只是在木桩上沙沙沙地写。你也开始在桌子上写东西,并问我写字可不可以不要发出声音,你的创作需要一个绝对安静的环境。我问你在你那个才华的真空里还不够安静吗?

那天我写到忘记做饭,写到很晚,你走过来说,写完了吗?要吃晚饭了。

你做了呀?你真好。

做什么?

晚饭啊。

我是说我们该做晚饭了。

当然，你说的我们是指我。

也许那时我们仍然是快乐的，只是如果没有"我们"这个概念，我们会更快乐。

我感觉我是潜伏在你家观察你。

从我可能超过你开始，你就不再相信我是真心想写作，不再觉得我是和你平等地在追求文学。

你对我有感情，但对成功更有感情，我只是一个年轻女孩，是你和成功之间的第三者，把你和成功的关系给搞复杂了。

但你从没有残忍到说出来。

你只是不看我的文章，不送我书，甚至不信任我自己买书。你在买果酸洗面奶、抗氧化精华和修眉刀之前，一定会问我的意见。但每当你看到我抱着书回家时，你就会问我是看了谁的推荐去买的，就好像品味是会员制的。我向你道歉，说我买的小说不像你发给我的电子书，做书流程中的压实、切片和包装，着实是把知识薯片化了。

我很羞愧我把霉菌带进了你家。外面的蝉鸣声越来越疯狂，霉菌的情况也越来越严重，那个夏天，我必须每天清洁一次浴室。

在霉菌爬满你的房间之前，我得找到新的出口。

写好这篇傻里傻气的文章，获得卡特的认可，我才能直起你口中的"腰肢"，我才能说出想说的话，这样，人才会有出口。所以那段时间,我必须去卡特给我的纯白色的办公室里单独待着。只有在那里,想到他是一件很自然的事情,我不用为脑子里浮现那两根刘海感到愧疚。

我完全想不到写什么主题,只能想到什么写什么,直到那个夏天结束,我才从桌子事件中意识到,我的生活是有主题的,主题就是"恨":一股油然而生的无主的恨,最终我把它指向了周围的东西——我平等地仇恨一切可见的家具和电器。

我仇视冰箱。它想假装灯一直在亮,一切都好,并不是只有在我打开的时候,灯才会亮。它想操控我,假装一切正常,我才是在自己家里疑神疑鬼的那个人。外面是白净的外壳,里面是熏人的剩饭,那刺眼的白光,浮肿的欲望,不可见的疯狂。

我仇视洗衣机,它是虚假的解放,它宣称解放了妇女的双手,可是为什么我的双手在选择节能模式、棉织物模式、羊毛模式、丝绸模式、羽绒服模式、烘干模式?我的双手在买洗衣液、消毒液、羊毛真丝洗涤剂、柔顺剂、洗衣袋、内衣洗衣袋、球形洗衣袋、防串染布、脏衣篮、晾衣杆、衣架?我的双手在把洗好的衣服拿出来放进脏衣篮推到晾衣杆旁边挂上去晾干?我的双手在手机上追踪着这些东西什么时候降价打折什么时候进货才能进得不太多也不太少?为什么我的双手还在被占着?为什么我的双手还没被解放？而你会问我，你为什么还在洗衣服？不是有洗衣机吗？

我仇视锅。锅是食物的集中营。我每天会只点一份外卖，然后把超市买的冷冻鸡肉和冷冻杂菜倒进锅里，开火煮熟，再把那份外卖倒进大盘子里，拌成两人份的。我只穿着难看的运动胸罩和高腰亚麻长裤，手里拿一个大勺拼命搅拌，食物会负责监视我，青豆和玉米粒咕噜咕噜地在锅里滚来滚去，像无数个小眼睛，替你盯着我。我只是在做饭，却被青豆盯得很羞耻。

我仇视音响。你的纯白色马歇尔音响，我一直听它说话，可它从不听我说话。有时你会突然走进厨房，关掉音响，大声朗读你的稿子，希望我给出意见，我们会讨论你的稿子一整天，然后等轮到你帮我的时候，已经太晚了。有些时候你说到一半，我会扔下勺子爬到你高瘦的身体上，蹭你可爱的后颈，那时你会放松警惕，让我念我自以为有趣的点子。你会用脸色表达尴尬，但嘴里说出的都是温暖的修改意见。那些意见很中肯，有时的确会有帮助，当我不识抬举地为自己辩解时，你就跟那一锅小眼睛一起使眼色。我按你的意见改了，你会说你真的很棒，我为你骄傲。锅里糊掉的青豆则鄙夷地盯着我，盯着这个擅于利用自己身体获得意见的女人。

有一天你大赞我的一个句子，后来我发现那是你看跳行了,把那个句子误解成了一个更有趣的句子,我大失所望,半夜爬起来,悄悄把那句话改成了你误解的样子。

你的爱很重,像重力一样,无处不在,牵扯着我,把我拉进谷底,然后我所有的上升都与你有关。

我真是个废物,天天跑去公司借用桌子,循环于苦读和苦写的时光轮回之中,看着卡特的身影在一团兴奋的实习生之雾里进进出出。

我只觉得我写的东西跟我一样不重要。我身材干瘪,头发又油又蓬松,整个人像一把过度使用的松肉锤,追着捶打高级作者们的虚荣心心肌,我越用力,身在高处的人就越满意。

而你们过着轻轻松松的生活,就着披萨和啤酒聊天都能聊出好点子,为什么你们不用睡觉,有无限的精力创作?

我发了微信给卡特,附带了我的初稿,解释说我之前因为不舒服,没有去参加你们的聚会,但希望你有空能帮忙看看我的稿子。

几分钟后,收到了回信:"我没有参加过什么聚会,但你写得很有趣。"

"我还没完全改完,这不是最终的样子。"

"你三个月前的版本我最喜欢,现在改来改去反而有点乱。"

"那我试试改回去。"

我又发了一条:"到底怎么写出像真理一样的句子?"

过了几分钟他才回:"主谓宾搭配不当就行。"

"我一直觉得你的刘海像文学大门上的对联。"

发完之后,我立即感到尴尬,但心里有东西在生长。我沉迷于见不得人的关系,只想要注定要死的感情。

过了十分钟,他终于发了一条:"我觉得你可以参考阿伦特,改天给你。"

我在你洁白的浴室里洗澡,用手沾了沐浴液,搽到自己的身体上,我放慢了动作,突然看到瓷砖上有几条纤细的黑线,我顺着瓷砖缝看过去,越来越密集的黑线沿着墙角向卧室生长。

于是接下来的日子,除了写东西,我大部分的时间都像麦克白夫人一样,跪在地上,擦洗不停滋生的霉菌。心里想着那两缕头发。

他的才华不用化学物质催产,一个天然的天才。

卡特、你和你的朋友们都走向那个光点,我却像一个文盲一样,迷失在这片黑暗的土地上。

但卡特并没有再联系我,我也没有再联系他。

截稿日快到了,我连着写了好几个通宵毫无进展,每天都累到昏睡在床上。我提出想买阿伦特的全集,你说家里有。我问你在哪,你说你不是我的管家,我最好自己找。

我说如果你学会把东西固定放在一个地方，我们就都不用费心找了。你说我总是用无数新发明的规矩来围剿你，把你困在思维迷宫里，让你活活困死在里面。我说我不是你的管家，然后藏起了身后的拖把。

深夜，你终于完成你的文章，为了表示歉意，你冲进卧室开玩笑地挠醒我，我发现你点亮了一排香薰蜡烛，烛光摇曳，一路引我到你的桌旁，你揭开电脑，让我看你文章中的闪光点。电脑的屏幕很亮，比烛光还耀眼，你在黑暗中指着那些幽默的金句，就像周幽王点燃烽火台一样，想逗我开心。

那些金句很好，但是很轻浮，是那种想象别人的痛苦的虚假痛苦。我被你逗得大笑，但是内心无比悲伤。

你并不会让我参与进来，分享你的成就，你只想用你的成就逗我开心。

就像周幽王和历史书上的所有男人一样，你让女人离火更近，只是为了让女人把你的成就看得更清晰。

所以当我的目光转移到躺在桌上的你忘记藏起来的劳拉西泮和阿片类兴奋剂时，我比你还羞愧。因为我没有勇气承认我无法忍受自己的软弱，所以我接受了你的说法——你病了，焦虑症，病得很重，不得不吃药来寻找灵感，而我不能攻击一个病人，你让我在道德上后撤了。

你的同事们为了追求艺术，不惜冒险，沉溺于酒精、药品和疯狂之中，但你不一样，你是为了治病。

那卡特呢？

他？他不需要药物，他是真正的天才。

我想，生活为什么这么复杂呢？然后问你，我可以尝尝吗？

你愣了一下，假装没听见，随即在心中重建我的形象，划到纯洁的领域。

"你们明天要聚会吗？"

"明天很多人都会来，卡特也会。"

"我也想去。"

聚会就在"博大"计划旁边的酒吧里，很热闹，也很无聊。我在人群中寻找了两次卡特的身影，然后放弃了。他是否在跟某个女孩谈话？聊到了这个城市的秘密，聊到了他的私生活，然后他们相视一笑？或者，他会不会根本没来，而是跟你一起回了你家，在家里跟你相谈甚欢？

我在那个聚会上发了两个小时呆，然后觉得是时候溜走了，就像我马上要从你手中溜走一样——麻溜、手脚并用，但又谨慎，保有我这个处境的年轻女孩该有的留恋。

但我走向露台。

月光很明亮，城市看上去像在很遥远的地方。我在等待，我知道有什么事情会发生在这里，这股芬芳的气息和早春的新芽都在向我做出保证。

卡特果然站在露台中的雾气里,看见我以后,他立即从两个女生的包围里挤出来,向我走过来,他的每一步都在我的预料之中。

卡特问我为什么脸红,我憋了半天说:"因为暴露在你观点的辐射下面太久。"

他笑了,用手碰了碰我的肩膀,说带我去"那个房间",就好像我本该知道他说的是哪个房间一样。

我跟着他上楼,他的棉麻裤脚下隐约露出细瘦的脚踝,显得有点脆弱。

我们爬到了露台楼上的一个小房间门口,木门上挂着一个精美的牌子,写着英文的"听从你自己"。

我想我可以问问他我的稿子。

卡特进了房间,站在床上,一巴掌把松掉的烟雾报警器扇了回去。

我僵硬地微笑着,努力在空荡荡的脑子里排练一些重要问题,来和他的才华相称,但什么都形成不了,我这脑子只适合排练自己的沉默。

他走回门口,把门关上,但很绅士地没有关紧,留了一条缝,把他和会把门关紧的男人分隔成两类。

我完全没有受到威胁的感觉,我只对自己心中的欲望、对自己如此不加伪装地束手就擒感到震惊。

在那个房间里,在那一刻,我终于感觉要从对霉菌的恶心中抽离出来了。但那种轻松感只维持了一瞬。

他走到床边，放松地坐下，然后一言不发地开始掏角落里放着的包，没有要跟我说话的意思。

他是不是只是出于礼貌才邀请我？为什么只有我一个人？我是不是该走了？他是不是根本没有想跟我说话？

他在翻什么？

一切都肤浅得如此明显，以至于有点深意。

是让人快乐的东西吗？

不会的。你会用违禁药物来创造才华，但卡特不会。他是个不需要化学物质维持快乐的人。

他掏出来一张暗暗的纸，也没说什么，就对着暗暗的壁灯看了起来。

我立即知道了他希望我留下。

果然不出几秒钟，他靠过来，把那张纸递给我。

"给你的。"他说。

我不明白他只是要让我看一眼，还是要我收下。我怕如果我误解了他的意思，贸然抢过来这张纸放进包里，会被说抢了他的写作秘方。

但我错了，这不是卡特的为人。那张纸方方正正的，就像人性本来的样子。

虽然它布满黑黑的霉菌斑。

卡特的声音很温柔："这是阿伦特给海德格尔写的信。"

"天哪,"我愣愣地看着那些古旧的字迹,"原版的?"

他看起来有点不好意思,就像被戳穿了。

"这我不能收……"

他看起来很受伤,而我希望他立即开心起来。于是我说:"要不我买下来?"但我想到可能要付的价格,陷入了深深的后悔。

他低下头,酷酷地冲我一笑,大概不知道自己这个角度并不适眼:"你不知道吧,莎士比亚、爱德华·吉本,甚至苏格拉底的灵感可能都是从这儿来的。"

"什么……抄袭阿伦特?"

卡特把半张信递向我:"上面的真菌,旧书真菌。你知道吗?越旧的古书,越能长出上好的致幻真菌。你看这上面,伦敦运过来的,酵母菌、霉菌、裸盖菇素,你想象那些大神:莎士比亚、吉本、苏格拉底,他们怎么获取灵感的?烟酒都是儿戏,他们真正玩的是这个,祖父辈留下的古书,他们去图书馆里找文献,搜刮智慧,呼,把灵感全都就吸进去。"他说:"你懂吗?这是接近降神的体验,瞻仰神谕。"

"什么玩意儿?"

卡特突然举起手,我看到他"欻"的一声把信撕成了两半,然后才听到那声"欻",就像雷声的滞后。他眯眼看着我,然后低下头,把粉嫩的舌头放到被撕成两半的信上，舔了一下，然后吃了进去。

他似乎没有注意到我呆住了。我的程序乱了。

剩下半张散发恶臭的纸快贴到我的脸了："要不要试试？不用担心，我天天嚼的。"他性感的嗓音丝毫没有波动："这个不过肺的。"

他的大腿绷在我的大腿旁边，隔了一条空气，素染的棕色西裤随着门外的爵士乐轻松地抖动，没有僭越那条空气。

"不过随便你试不试啦，那是你的自由。但我知道我没看错人，你不会judge我。"

我当时还没明白，不管我说什么，他都不会在乎或者给出反应。

我想象阿伦特的腰封——不抽烟不嗑药，只吸爹味日记。

我只是他自厌程序里的一环，说什么不重要，说话只是帮助唾液分泌的动作而已。

有一条界限，在越轨和没越轨之间，在能被原谅和不被原谅之间，在酷和不酷之间，在有才华和平庸之间，在越来越小的群体和越来越大的群体之间，有一条明确的界限。

吃纸并不能算违背道德，既不像抽烟那样平庸，也不像吞金自杀那样极端，吃纸在道德光谱上的位置接近吃包子时不小心把蒸笼纸吃下去。

我可以下楼去买一个包子,配着包子不小心把这张纸吃下去,这样你就没法质疑。但是这么晚了,楼下全家便利店里的熟食应该卖完了。

也许我幻想在吃包子,顺便把这张纸顺下去,卡特和我和你就都不会被冒犯,卡特的欣赏就会有回报。

我看着这半篇过期的神谕,几乎开始同情自己,觉得自己像他的母亲,给予了他过高的期望。我不也是这种人吗?尴尬、业余却自视甚高,不敢尝试新鲜事物,因为我是一个阿伦特那样的魅力不足的年轻女人,一具新鲜的木乃伊,一枚傻气的蒸包。

但期望总是会落空。我伸出舌头,舔了一下这张满是霉菌的纸片。

阿伦特写给她敬爱的已婚导师的情书,即使配了想象中的蒸包,在我嘴里尝起来也只是干涩而生硬。

也许阿伦特在看海德格尔这个老男人寄来的信的时候,也是被里面的霉菌熏晕了,产生了爱的幻觉,这种爱并不比别的爱更虚假,不比别的爱更没有理由。她像德尔斐神庙里那些吸多了地壳惰性气体的先知神婆一样,吞下让自己目眩神迷的毒气,在人们期待的眼神中,在失爱的恐惧下,在男人对自己才华的认可的悬赏下,不由自主喷出了精彩的神谕,挥笔写出了关于人性的划时代神作。但她们根本都是没有才华、没有原创性的女骗子！她们骗过了所有人，读者不知道，信众不知道，欣赏她们的男人也不知道。但她们没忘记，霉菌知道，那些无处不在的霉菌知道，她们只是骗子。

我想朝门的方向看，但我无法转动身体。

那些神婆，那些前辈，我的小阿伦特，在期待和崇拜中失去了相信自己的能力。

我只是对自己很失望。这就是我向世界介绍自己的样子——一只嘴里嚼着阿伦特的心血的母羊。

我的嘴里含着一张自尊试纸，上面显示：阴性。

这大概就是为什么我的眼圈是红的，显得好像很难过的样子。

他没待多久就走了，而我一直坐着不动。

我的尊严在离开我的身体，飘到天花板上，而那个烟雾警报器一声不吭。

我要很久才能走出对才华的迷恋，但在一个月后，我就搬回我和姐姐的霉菌小屋了。我更疯狂地写作，独自做决定，并每周独自做清洁，不让霉菌有机会帮我创作。你问我怎么能从不会自我怀疑，我告诉你，我一直在自我怀疑，我自我怀疑的霉菌早就长出来了，从我第一次跟崇拜这种感情独处的时候开始。

颜悦

有一条界限,在越轨和没越轨之间,在能被原谅的和不被原谅之间,
在酷和不酷之间,在有才华和平庸之间,在越来越小的群体和越来越大的群体之间,
有一条明确的界限。

姐妹

撰文 李柳杨

A

现在是六月,月季花全都开了。

田野里、马路边上到处开的都是它们,粉艳艳的漂亮极了。静子每天早晨上学之前都要掐一小朵,月季花、喇叭花或者是栀子花,别在头上又或只拿在手上闻香,心里美滋滋的。她最喜欢的花就是月季花,因为月季花像裙子。静子无时无刻不想着拥有一条像月季花一样有漂亮大摆的裙子。静子的很多衣服都是由母亲穿旧的衣服改造的,她有一条粉色格子裙、一条咖啡色毛衣裙,还有一条天蓝色的纱裙。她最喜欢的那条天蓝色的纱裙,原本是母亲的。那条裙子不知什么时候被老鼠咬了个洞。母亲便把裙子的下摆、袖子、腰身改小了一圈,拿给静子穿了。这个星期五的晚上放了学,静子就要穿着这条漂亮的裙子去她的妹妹家里玩了。除了这条裙子,静子还准备了一块冰激凌形状的橡皮、一支中华牌的铅笔，打算送给她的妹妹。

　　静子比她的妹妹大一岁，但她的妹妹倒看起来比她成熟得多。静子对她的妹妹小红，怎么说呢，感情挺复杂的，因为很久之前她都不知道自己还有一个妹妹。静子的妹妹住在敬老院里，是和一群老头老太太一起长大的。静子喜欢那个地方，因为那里每到夏天都可以摘到好吃的葡萄。敬老院里破旧的自行车棚、无人打理的院子都是孩子们玩耍的圣地。敬老院的很多窗户都被孩子用石子砸烂了，但奇怪的是并没有人主动站出来制止这种行为。那些老人即便知道自己的余生都将在这里度过了，也不觉得这是自己的家。所以窗户若是被那些调皮的孩子打烂了，也就随便找张塑料纸蒙住，毕竟指不定自己能活到什么时候，所以也就这样糊里糊涂地过着。

　　敬老院建在桥口村通往苏集镇的马路边上，沿着马路走用不了多久就会看见一条铁轨，过了马路再过一条小河就是朱庄小学了。小红就在那里上学，她是敬老院里为数不多的几个孩子之一。敬老院可不是一个无聊的地方，假如你耐点心思，好好去打探一番的话。相较于周遭那些已经历经千年而破败的村落，敬老院可算是一个新潮的建筑。一层偌大的院子，高高的外墙上刷着红白相间的漆，三四排整洁、大方的斜顶瓦房，院子里还有葡萄园、菜地，以及国家补助的各种健身器材。虽然这些漂亮的房子里面并不怎么干净,有些老人年龄大了吃住都在床上,衣服没有人叠,乱七八糟堆在门边上。但在当地的村民看来,这些漂亮的小洋房给这些一个个形容枯槁、面容憔悴、半截身子已在土里的老年人住已经是浪费了。

大概是孩子多养不起,或者是怕当时相关部门罚钱的缘故,小红在出生不久之后就被父母丢弃在铁路边儿上。一个生活在敬老院里的老人,路过那儿把她捡了回来,养到了现在。那个老人在战争、饥荒的岁月里丢失了所有的家人,到了晚年才捡回了小红,对她很是疼爱。小红长到七八岁的时候,突然意识到别的孩子都是有母亲的,而她没有。她就和她的养父——杨富闹气,杨富拗不过,便带她去找她的亲生父母。没费多大的事儿,只沿着周围的村庄找了十几里地就找着了。小红见着生父生母,本来怒气冲冲想要质问他们:"为什么当初这么狠心,非要丢弃我?"但等她见着生父生母,发现自己的原生家庭家徒四壁时一下子又心软了,抱着他们痛哭了一场,又跟着杨富一起去敬老院生活了。杨富也是几十岁的人了,什么都活透了。逢年过节也给小红买点礼物,让她拎着去看看静子和她的家人,稍微住上个几日叙叙情。

住在敬老院里的老人,大多都已经六七十岁,要么是无儿无女,要么是儿女对他们不闻不问。他们大多做着一点点小生意或者手艺,有的老人靠着编草席草帽、捏泥人、编扫把过活，有的人靠套圈、卖当、摆摊算命过活。也有的人啥也不会，就靠着耍赖过活。比如小红的养父，杨富就不喜欢干活。他年轻的时候就是因为太懒，而没有攒到钱。老了住到敬老院里，自然也不喜欢干活。别的老人，哪怕靠摆摊算命、要点街头小当，也算是费了一点儿心思在挣钱。他连这点心思也懒得费，那就只能讨饭了。但他就是讨饭也比别人省事。他一整天仰着脸、拿着个小破唢呐、戴着个花帽子到街上挨家挨户讨饭，跟收水电费的大爷似的，见一个人敲一下唢呐，道一声"恭喜发财"，有时候连恭喜发财也懒得说就伸手要钱。镇上的人大多不太富裕，但也没有人饿着肚子，大家伙不说心善，谁也没有抠门抠着那一点钱的。哪怕只是个三角五角，他一年在敬老院的饭钱，只需要讨上几个星期的饭也就足够了。要是有富余的钱，还可以收拾收拾行当，出门溜达溜达。有了小红以后，他挣的钱就更多了，人们见这个小女孩可怜无辜，往往会多施舍点钱给他。他也知道收敛，攒到了钱就存起来给小红当学费。

敬老院的小孩少，除了小红就只有一个叫得力的聋哑儿童。小红时常觉得自己孤单，便叫杨富打电话叫静子来陪她玩，不然的话她就只能和院子里那些半截身子在土里的老人玩了。小红说不上漂亮，但女孩子的身形随着年龄越长越开了。敬老院里又多是那些孤寡的老男人，甚至还有一些打了一辈子光棍条子的男人。他们眼看着自己年华不在,而小红又像春天的嫩草一样突突长大,心馋不已。胆小的就在自己的屋子里看看色情光碟,胆大的早已经偷偷地、有意无意地摸上了几回。但这又不至于构成强奸、猥亵之类的名号,顶多也就是这些一辈子没有胆子的老男人又一次的猥琐罢了。以至于小红虽然只有十几岁,也玩笑似的知道了一些男女之事。

静子不像小红,喜欢洋娃娃、扮家家、蝴蝶结之类的东西。静子有点痞气,一点儿也不像她的名字。因为从小穿着爸爸妈妈的旧衣服长大,一贯也留着男孩式的平头,她看起来像个假小子。她在学校里没少惹事儿,拿钢笔扎男同学的大腿,往女孩脸上糊泥巴。女孩子想要长大是非常费劲的,她们不仅从小就面对着各种各样的老男人、男人和小男孩的打扰和眼光,还得面对自己有一天突然而至的潮水。她只要稍微长大一点儿就会有人惦记了。五六岁的时候就有些老男人总喜欢抱着她,不管她喜不喜欢都凑过去亲她。七八岁,开始有小男孩故意在她面前脱裤子。九十岁,会收到喜欢、爱之类的纸条。十二三岁,有人想把她堵在墙角亲她。从十五六岁到五六十岁,她们都将穿梭在各种男人中,明着暗着像打游击战一样相互过招。小红虽然比静子小,但她是生长在敬老院这个老男人国里的,对这儿的一切都很了解。如果遇见男孩在她面前故意脱裤子，她不羞也不害臊，甚至就这样大大方方地走过去，就像没看见一样。她甚至还偷看过杨富在家里偷偷藏着的秘密光盘，对着上面半裸的和自己同性别的女人一阵吃惊，但也没有觉得怎么好看。

静子第一次觉得自己是个女孩子时，是一个夏天的午后。那天天气很热，静子去敬老院陪小红消暑。他们打算去敬老院后面的一条野河里游泳。静子本来不打算去，她不会游泳而且几乎每条稍微大点儿的河都有关于水鬼的传说。但是想着小红去，便也跟着去了。去了之后才发现根本没有换衣服的地方。那些老男人们，脱了上衣穿着大裤衩子就跳下去了。小红早有准备，在T恤里穿了一件打底的棉背心，穿着平角短裤，把凉鞋扔到岸边，也跟着那一群老男人老女人下了河。她站在岸边有点尴尬，不知道自己是不是该把上衣脱掉。等下弄湿了，总不能湿漉漉地回家去吧！她已经读小学了，对于自己究竟还能不能在别人面前裸露身体，丝毫搞不清楚。她的爸爸常年在外打工，家里只有一个兜揽二手玩具四处摆摊卖的母亲。她不知道这世上还有这等事情，比如怎么样和男人相处。她所知的一切关于男人的事情，几乎都来自小红和她家里的那几张脱衣舞碟片。

静子站在岸上叫小红："小红，你下去了？我怎么办啊？"小红从水里探出了半个身子说："你怎么没带衣服？"

静子说:"那我不下去了吧!我在岸边站一会儿好了。"小红说:"别呀,你下来呀!水里好玩儿,又凉快又清爽。"静子说:"那我怎么下去?总不能就这样直挺挺地下去吧。"说着小红上了岸,从留在岸边的那一群老头老太太的衣服里翻出来了一件不知道是谁的宽大衬衫,说:"你到树林子里换上这个就能盖住了。"静子说:"我不敢去,要不你陪我?"小红说:"那有啥可怕的?你赶紧去,换好了赶紧过来。"她想下河又不想去换别人的衣服,只能站在那里盯着自己的脚看。有那么一刻她甚至觉得上面涂的红色指甲油有点刺眼。见她还没有动静,小红便推搡着她:"好啦好啦,我陪你去。"

河边的树林是沙地,静子的脚被河水打湿了,没走几步凉鞋里便灌满了沙子。林子里的树很稀松,她找了一棵稍大一点儿的杨树,站在树后面,让小红给她拿着衣服。脱衣服的时候,她总感觉有人在看她,那让她感觉很冷,心惊胆战不时地回望。虽然什么人也没有,但她还是感觉有人看到了她刚隆起了一点的小白杏般的胸部。

换好了衣服往回走的时候,她又有点迟疑了。真的要下河吗?她问自己,好像也没有什么选择了。小红已经牵着她的手走在前面了。她突然想对她说:"对不起,我又不想去了。"静子拽了拽小红的手,开了口却变成了:"我不会游泳怎么办?"小红说:"你可以抱着我,我们就在水浅的地方玩一会儿。"当她的脚触摸到水的时候腿抖了一下,接着一步一步往河里越迈越深,她感到越来越温柔。不一会儿河水就淹没了她的小臂,那件宽大的白色的有一点儿烟味的T恤,在水里似乎变得透明了起来。她看到了自己胸前的两个小点儿,有一点害羞。她在水里站了一会儿,果然是清凉。她感到整个河都在晃动,此刻的她觉得自己是一缕水草或者别的什么东西,在漂呀漂呀漂。

静子和小红在浅水区嬉戏了一会儿,小红便想要去深水区玩一玩了,可她又不会游泳,只好抱着某个稍大一些的男人的胳膊往里走。在那一刻静子突然觉得她不认识小红了,她觉得小红不再和她一样是个小学生,而已经是一个会涂脂抹粉的女人了。正在无聊地瞎想着的时候,后面游过来的一个老男人突然抱住了她,把她往深水里推。静子本能地拒绝,不断地拍打着水面,用脚踢后面那个老男人。也许是她的挣扎,让他抱得更紧了。她大声说:"放开我!我不要往里面去。"那个人笑了两声,然后用那种阴冷的玩笑式的口气说:"玩玩嘛儿!淹不死的。"她不知道他是不是故意的,她感觉他在水里摸了一下她的胸部,很轻,没有用力。那感觉好像是她正蹲在草垛后面尿尿,有一整个旅游队都从她露着半个白屁股的那一面经过了。她刚张口骂他:"去你的,我不要下深水。"那个男人又突然松开了手,她从他的怀里掉了下来,掉到了深水里。她费力地拍打着水面，正在骂出去的话变成了河水，填满了她的口腔。进入水下的那一秒钟，她感到把她抛入水中的那个男人正在她头顶上方发笑。想象着那个戏弄她的男人，肥胖、丑陋又充满着蛮力的身体，她愤怒极了，也无奈极了。她正想骂出更多更无礼的话时，那个男人又突然把她从水里举起来哈哈笑道："小姑娘，还是不要玩水了，会淹死的。"她被举起的、蜷缩的、湿淋淋的身体看起来就像一只弯曲的小龙虾，她很生气地对着他的脸踢了几脚，但都没有踢中，就被他又扔回浅水区里去了。回到浅水区以后，静子愣了一会儿，想起来刚才那个男人的手。她半身站在水里半身在水上，握紧了拳头却又莫名想哭，愣了好一会儿才上了岸去。人这一生很长，但能记住的日子少之又少。这一天也算是静子将会怀念的日子之一吧。回忆从前，也不过就那几件事儿。一些关于家的温暖的回忆，一次当众出丑又或者是第一次心动的感觉。但除了这些，还有女孩子之间可爱又恐怖的故事。

B

周五的晚上静子放了学，在学校门口的小卖部旁边儿用平时攒矿泉水瓶卖的钱，买了一个三角钱的烧饼和一包卫龙辣条、几颗菠萝味儿的糖果放在自己的书包里，等着小红骑自行车来学校接她。也许是因为天气炎热,放学已经一个小时了,小红还没有来。静子有些无聊,坐在学校操场边儿的杨树底下,揪狗尾巴草玩儿。学校的操场是由一片坟场改造的,面积很大,但由于没有人看管,除了篮球架子旁边的地因为经常有人去玩儿还留有一圈平地之外,剩下的全被草儿覆盖了。操场上有几个高年级的男孩在打篮球,其中一个穿着黄色短裤的,静子知道他的名字。那个男生几乎全校女孩子都知道,她也偷偷地喜欢着他,但从来没敢和他说过话。

也许是等的时间有点儿长,为了打发时间,静子开始用小木棍在操场的地上画画。画的有独角兽、孔雀,还有恐龙,都是她没有见过的。这个时候夕阳已经慢慢落下来了,落在学校后面一个杂草丛生的小坡地上,染得那些草儿都变成了橘色。天空有点灰有点蓝又有点红,漂亮极了。晚风已经有一点凉意了,四周渐渐安静了下来,她感到自然界的忧郁正慢慢地向她靠近。这种忧郁使她感受到了许多,她小小的脑袋中原本想不到的事情。比如说未来,比如说梦。所有的一切啊,都是离她那样的遥远。

正当静子歪着头坐在操场上等着的时候,小红因为在路上一个小摊下了会儿象棋,忘记了时间。等她赶到静子的学校时,太阳已经快下山了。操场上的人已经散得差不多了,静子又累又饿都快泄气了,才看到小红骑着一辆破旧的三轮车慢慢悠悠地出现在学校门口。她很生气,但又不敢对着小红发火。一路噘着嘴巴,无论小红怎么跟她说话都不搭理。

从静子的学校到敬老院,要通过一条深长的小路,路的两边种着高大的玉米。玉米丛林里,掩盖着大大小小的坟墓,银灰色的月亮照在上面显得格外恐怖。玉米地的尽头有一条宽阔的大河,据说从那儿坐船能到河南。不时有风从河的那边吹来,吹得玉米摩擦着玉米,发出窸窸窣窣的声音。遇到不好骑车的泥地,静子就从三轮车的后面跳下来,帮小红推车。小红问了她几句"中午妈妈给你做了什么好吃的?下午老师教了什么课?"之类的话,静子还是不搭理,低下头来不看她。小红见静子仍不说话便开始逗她:"你说如果有一对孤男寡女走在这条没有人的小道上,会发生什么?"小红问完扭头看了看车子后面的静子,自己也感觉到有一点尴尬了,大声咳嗽了几下,然后故意讲起了鬼故事。小红说:"我听人说以前这里就是乱坟岗,到处都是过1960年时扔的饿死的人。还有人实在太饿了就来这里捡小孩吃。"静子听了以后感到害怕,连忙捂住耳朵大喊:"别说了,别说了。"小红又接着说了几句:"听说吃了人的人,眼睛都是绿的……"这一句话吓得静子直哆嗦,一直叫她闭嘴。小红见她怕了,笑着说:"好了嘛,我不说了。"接着她说:"你坐车上,前面都是好路了,咱们走快一点。以后别这样跟我怄气了,我不就晚到了一会儿吗?"静子瞪了她一眼,噘着嘴说:"哪里是只晚到了一会儿。"小红说:"那还不许我玩一会儿啊!你每天在妈妈家里都可以玩,我还要帮我的养父干活!好处都让你占走了,你还生气。"静子见她气了这才收敛起脾气,过去劝她说:"好了嘛,我不气了,你也别气了。"两个人才又和好了,乘着明月清风回家去了。等二人回到家,吃了饭夜就深了。

这些漫长又孤独的夏天的夜晚,给了这些独居的老人一个相互取暖的机会。因为待在闷热的小瓦房里难以入眠,人们就卷着席子,铺到院子里的葡萄树底下乘凉、打牌。等到夜深倦怠回房歇息,也给了这些老头老太太们走错房间进错被窝一个理由。大家心照不宣地这样做着,期待着,等夏天过去,冬风卷走一个一个老人。又复夏天,葡萄树下。这一年的葡萄成熟时小红不知道从哪里学来了一件事情。

这一天吃完了晚饭,杨富就出去打牌了。小红刚吃完饭,就嚷着要睡觉了。她和静子躺在床上聊起没见面的这些日子各自发生的事情。小红说她有一次在街上看见了她读一年级时喜欢的男孩,那个男孩现在转去了别的学校。

静子说:"下午放学我在操场上等你的时候,还看见了我们学校最帅的那个男生。"

小红说:"那下次你要带我看看。"

静子说:"那我也要看看你喜欢的男生是什么样子的。"

小红接着说:"你知道吗?男生和我们女生是天生长得不一样的。"

静子说:"我知道什么地方不一样。"

小红说:"什么地方不一样?"

静子说:"我们长大了以后会流血,但是他们不会。"

小红补充道:"我们还可以喂奶,他们也不能。"

静子说:"我们可以留长头发,但是他们不能。"

小红说:"谁说的!古代的时候男的就可以留长头发。"

静子说:"那还有什么不一样的呢?"

…………

接着她们又聊到了其他的事情,聊着聊着不知道什么时候,小红说她现在知道了一件很舒服的事情。静子说:"什么舒服的事情?"小红说:"我教你。"接着她就把手伸进了静子的内裤里面,像按手电筒上的按钮一样反复让它开、关、开、关……按摩了一会儿以后,小红问静子:"怎么样?舒服吗?"静子说:"还可以,不过也没有什么特殊的感觉。"然后她们又躺下,继续聊了一会儿月亮星星、古装剧里的漂亮女演员,两人就都睡着了。到天快亮的时候,静子做了一个梦。梦见自己和电视里的一个男演员,在同一个漂亮的泳池里游泳。虽然她叫不出来他的名字,但她能感觉到他的温柔像水一样包围着她,他珍视着她的可爱和小心。她毫不费力就可以在泳池的上方像海鸥一样弄出好看的浪花,她像个公主一样被他的爱意和绅士风度给包围着。正当她沉浸在那种娱乐包装出来的,远离了肮脏的街道、丑陋的老人和为了一两元钱在人群中争执的母亲的梦幻世界时,她突然惊醒了。那种一瞬间惊醒的感觉来自下身,她感到有人在摸她的下体。那只幼小肥嫩无知又可爱的手,像一个正在等人入睡而吸食人精气的魔鬼,正一点一点把她撬开。

她知道那只手是小红的手,她和她一样期待知道她身体里的那个秘密通道,到底通向什么地方。她很羞愧,她想让小红住手,但是又不想让她知道自己已经醒了。这样的话,她们俩就得共同面对这个问题了。于是她转过身去又故意打了几声呼噜。但那只手又伸了过来,从她屁股后面。她感到她的一截小手指插进了她的那个地方,硌得慌,就像便秘时有什么东西拉不下来。要是能放个屁就好了,也许能把小红给熏走。因为难受,她又翻了一下身子,开始和小红脸对着脸。外面的天已经逐渐开始亮了,风吹动窗帘飘过来一阵栀子花的香味儿。静子没有心情欣赏,她只感到自己身体里有一个部位,现在正在另一个人的手心里握着。小红早早就醒了,眼圈底下泛着一点儿青色,脸颊有一些微红,她闭着眼睛抿着嘴巴,虽然面无表情,但她能感到她也有一点紧张。静子有一点想哭,但又十分漠然。她被人摸过了,她还是不是个纯洁的姑娘了?她还算是处女吗?也许她这辈子都不会有人喜欢了,想到这里她突然有一点绝望。她喜欢的那个叫佳俊的小男生,如果知道她被别人这样了,一定会嘲笑她吧!想着想着,那只手不知道什么时候从她的身体里抽了出来。她感觉自己邪恶极了,不再值得任何一个人喜欢。她也震惊极了,但又感觉到一种超然和冷漠的心情。这种心情也许来自那个半大的,堆满了各种垃圾、废品的家里,也许来自街上那些看到她衣着破旧的人的敌视,也许就来自这个布满了各种琐碎的生活用品的房子。女人生来要做什么呢?生孩子吗?她突然感到了这个世界对她所有的敌意和侵袭,她害怕极了,忍不住地发抖。此刻在她身旁的妹妹却像一个完全没有发生任何事儿的人一样睡着了,还发出了均匀的呼吸声。而她又是无法恨她的,那样一个从小就被父母给抛弃了的孩子。

她睁开眼睛看了看她,并且知道自己往后的日子都将要为这一只抓住了她的寒冷的手所困扰。小红的脸还是孩童般的,皮肤细腻光滑,一点点光照在上面,映着她脸上细小的绒毛,可爱极了。要是时间能倒回到昨天晚上就好了,等不到人她可以回家的。静子顺着照在小红脸上的光,朝窗外看去,感到太阳从未有过的苍老和陌生。栀子花的香味儿溢满了整个院子,那肥硕的花朵洁白而美丽,但跟她好像已经没有了任何关系。窗子外面还有几只鸟儿在叫,叽叽喳喳,悦耳动听,它们在说什么呢?

在太阳以外是什么呢?

静子开始想起了那些古老久远、折磨着一代又一代人,但她之前从未在意过的事情……

十 影像

207 地籁

张文心

洞穴与身体的拓扑图

摄影、撰文 / 张文心

我时常被人问起,从何时开始对洞穴感兴趣,却怎样都答不上来。也是被问得多了,我慢慢意识到,对人类来说,与洞穴产生羁绊是不需要理由的。

穴居子宫时,我们的体内逐渐形成许多腔室,生命活动运行其中。自降生起,在每日居所内的睡眠中,我们又不断潜入意识地层之下的混沌洞室。生命消亡后,大部分人的遗骸又会回到象征重生的地下墓穴中。在文明的历程中,人类发明的许多工具都是体内腔室的延伸,通过这些工具,我们得以将经验外化,在时间中逐渐留下技术影响的轨迹;经由演化之力,这些工具又使宏观世界的新信息载入体内的微观世界。而照相机,就是这之中最典型的案例。

当我带着相机进入洞穴,头灯射出的光随身体而移动,点亮眼前的区域,这光线经由镜头传输至相机的感光元件,也经由颅骨腔体中的视觉皮层和神经网络,被分析和解读,我据此再决定行走的方向。在喀斯特洞穴中行走时,内与外的区别消失了:身体被洞穴包裹,任何方向的移动都是既向外又向内的。在这里,洁白的鹅管以大约百年一厘米的速度生长,雨季的洪流将洞顶切削出牙齿的形态,万年不息的水滴在石台上书写云篆一般的符号,含有碳酸盐的水滴在岩石表面绘制脑花与癣痕。以摄影的角度来看,洞穴就像是一张巨大的全息底片。从岩层裂缝渗出的水滴、洞室内的雾气与奔流的河水是照射在底片上的微弱"光线",而亿万年的洞穴发育过程就是一次漫长的曝光,它以海洋生物的钙质遗骸为银盐,经由漫长时间的挤压、冲蚀、结晶和堆积,孕育出一个个怪兽体腔一般的洞室,而点着头灯的我,就像是一枚伸进这无机身体的内窥探针,或是一条在深海游走的鲛鳒鱼。

洞穴不仅是连接生与死、内与外的通道,也是逃逸时间的庇护所。《桃花源记》中穿过狭窄洞道的渔人进入了无历史时间的场域;巫师、僧侣与道人在洞窟中接入了非时非非时的结界;穴居的昆虫、蝾螈与蝙蝠进入了演化支流中的时间旋涡;古细菌在洞穴深处保持着原始的形态;地下核试验不断地制造着能够摧毁生命时间的粒子运动。洞穴也是规训与惩罚之地。它囚禁着不被人类社会接纳的人群,如传染病患和犯人,也吞食着有所求者献上的生命祭品,如矿工和人牲。有许多洞穴,便是叠加了所有上述属性的多层时空体,无数无机物、微生物、动植物、人类进入又离开,它们的痕迹相互叠加、融合又解体。

人不是来自洞穴之外的访客,洞穴亦不是人向外探索的目的地。它是通往元认知的地形,人必须将自身置于其中并不断与非人时间进行连接,才能开启由生死、明暗、内外、进步与退化、逃逸与囚禁等二元之锁封印住的机关,此时会发现,人与洞穴正相互穿透,不分彼此。

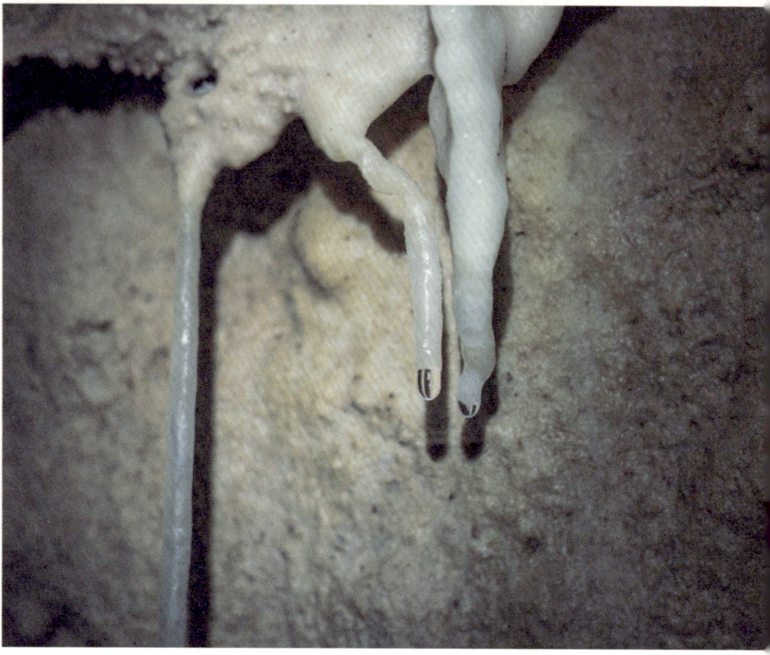

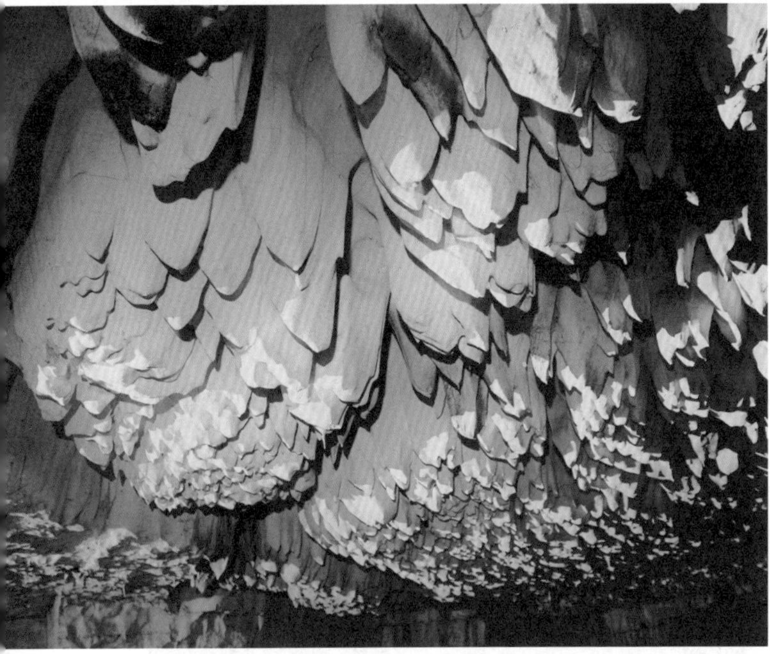

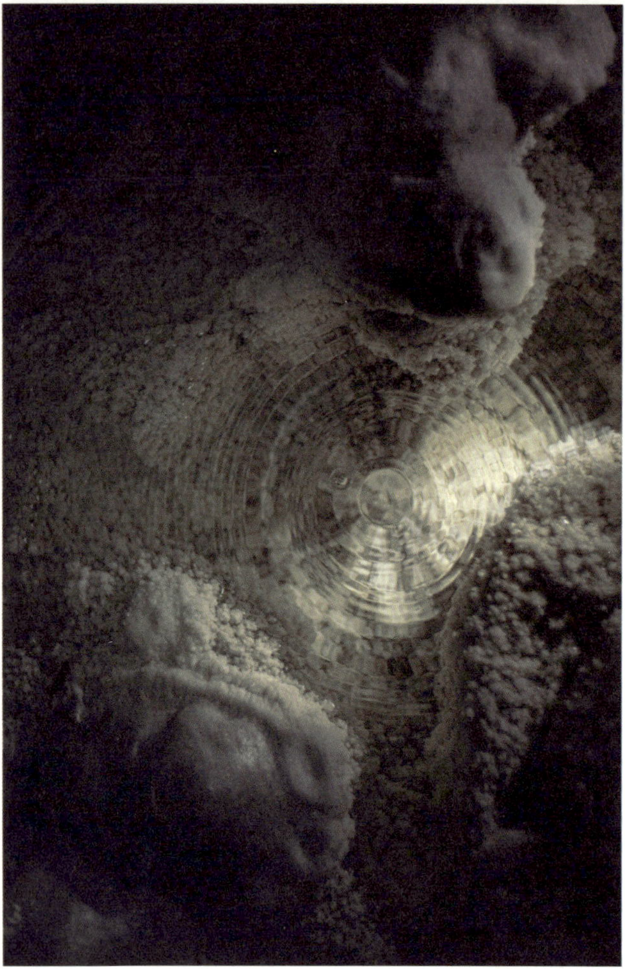

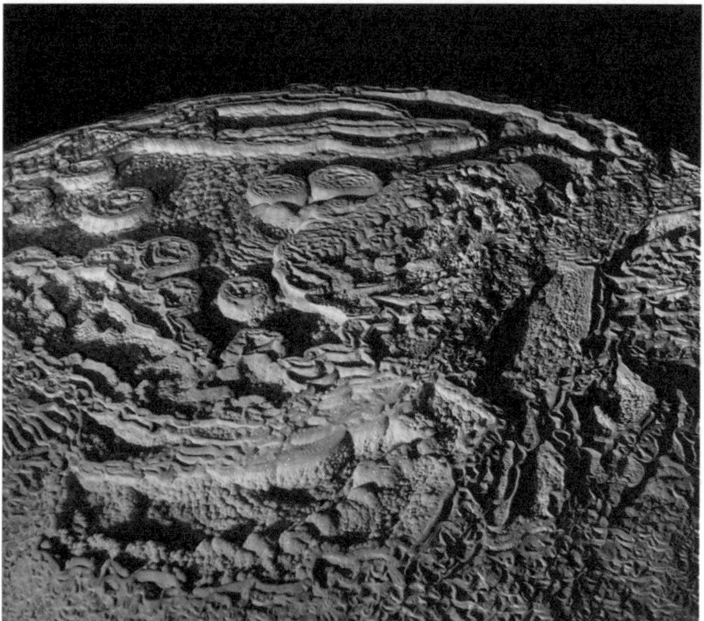

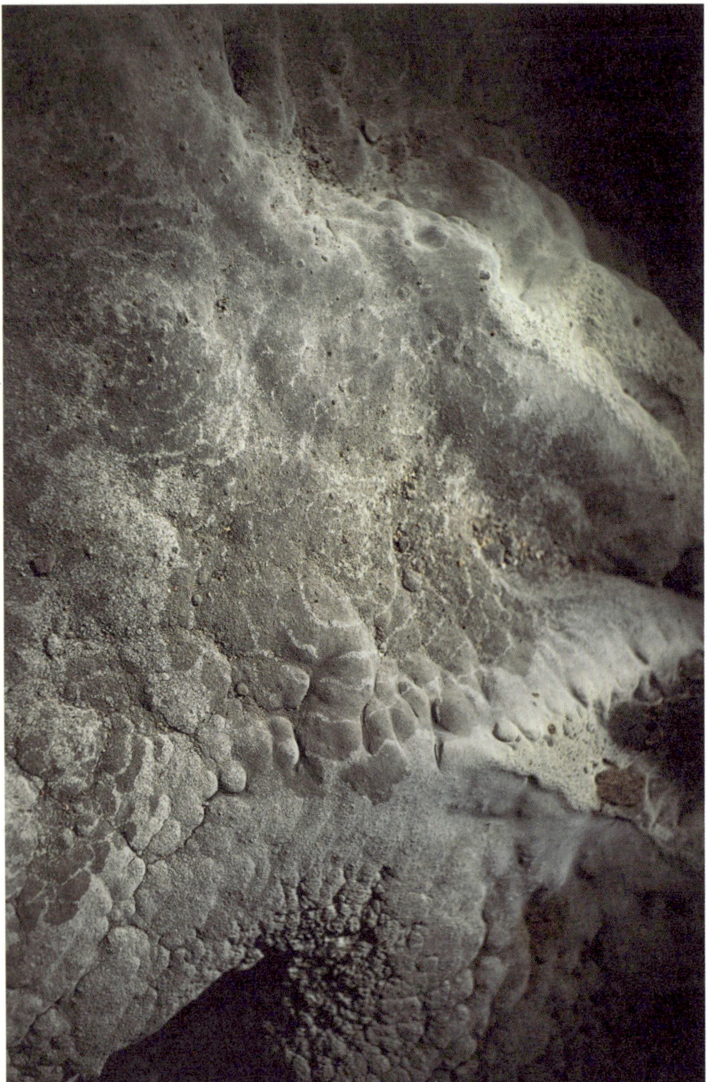

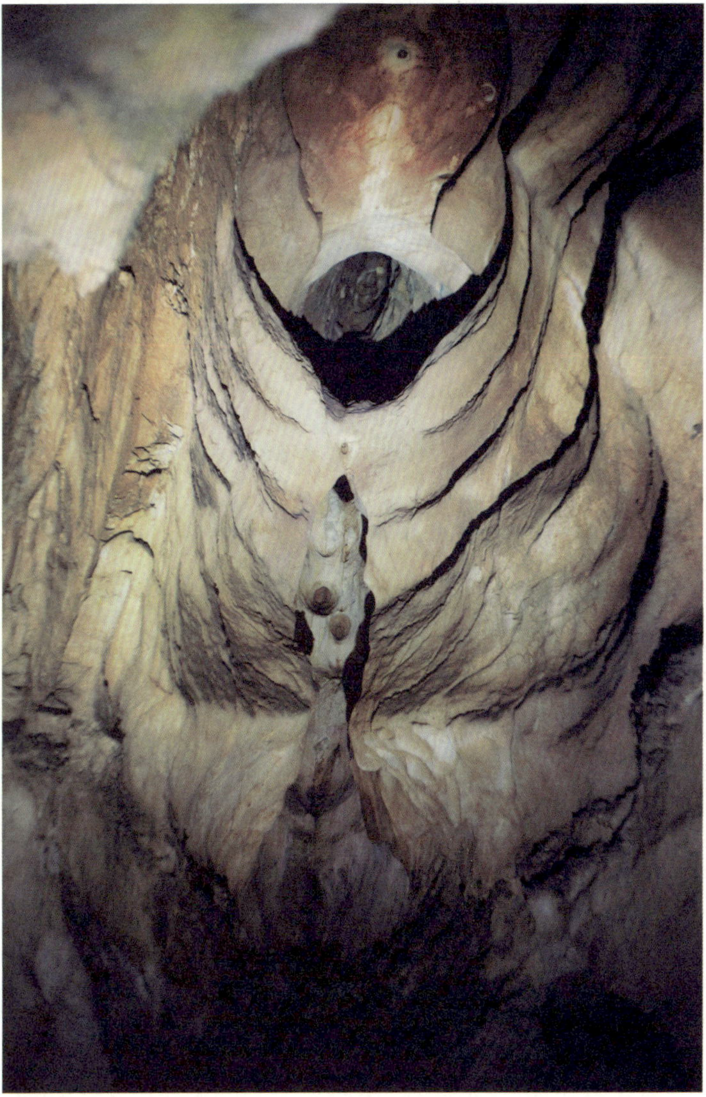

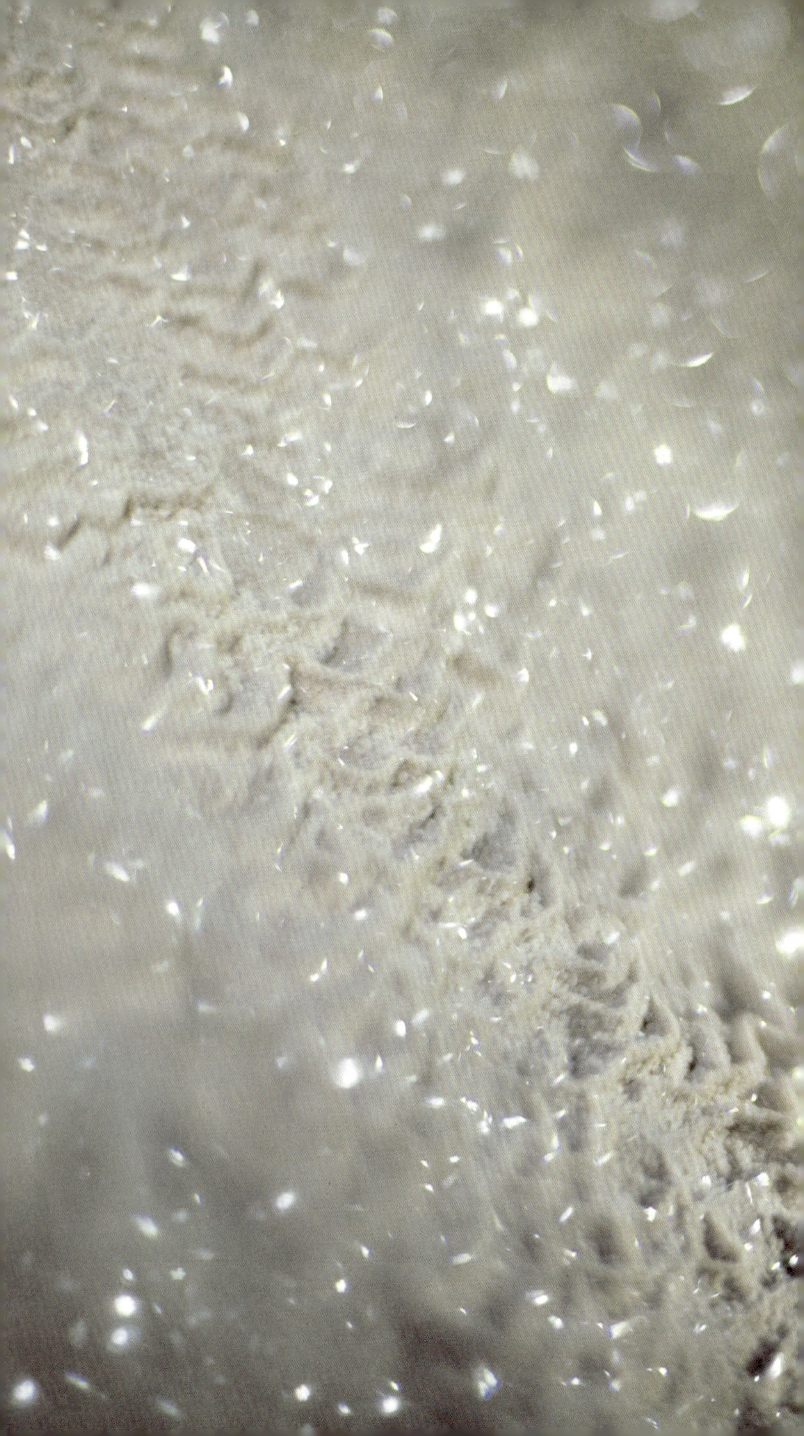

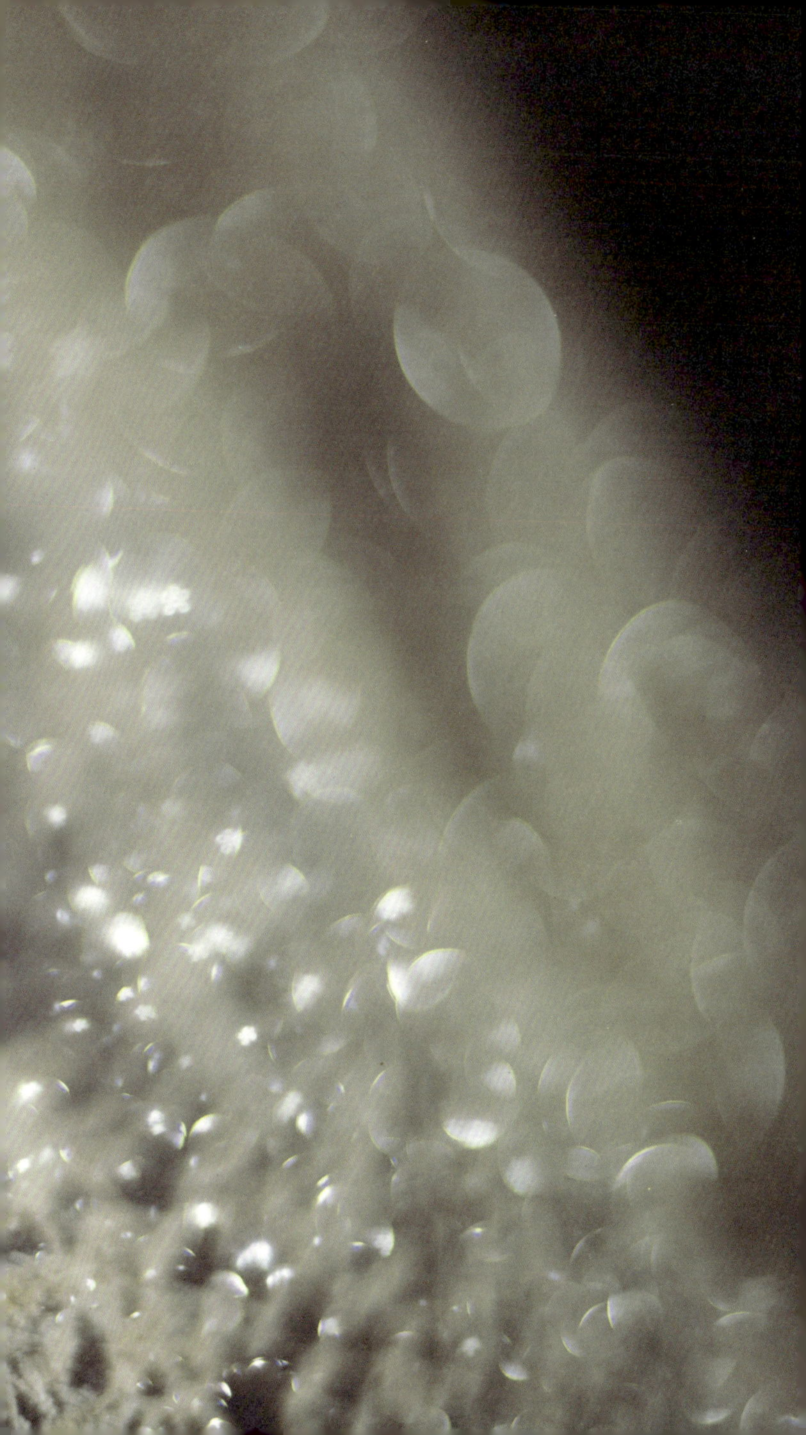

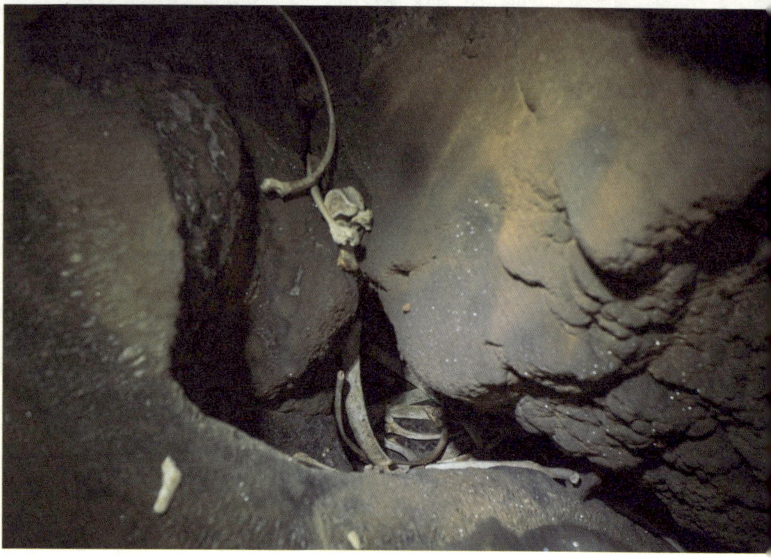

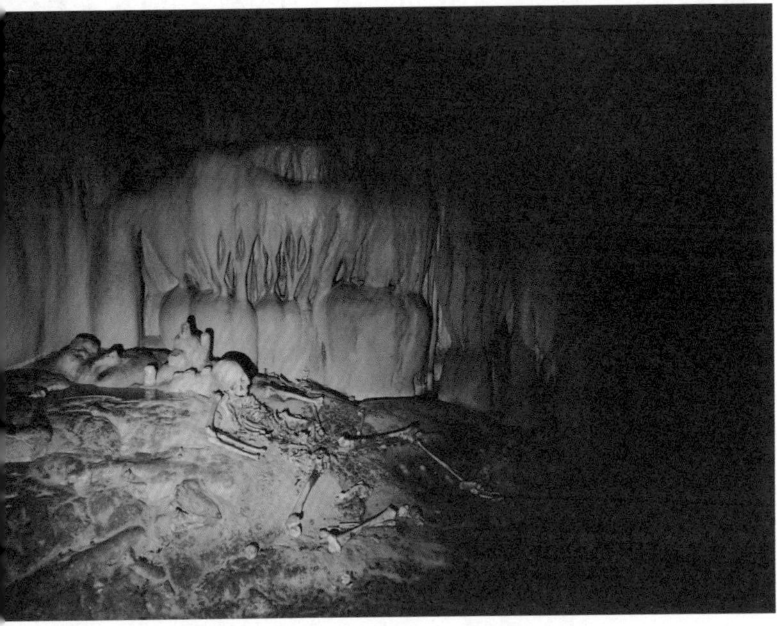

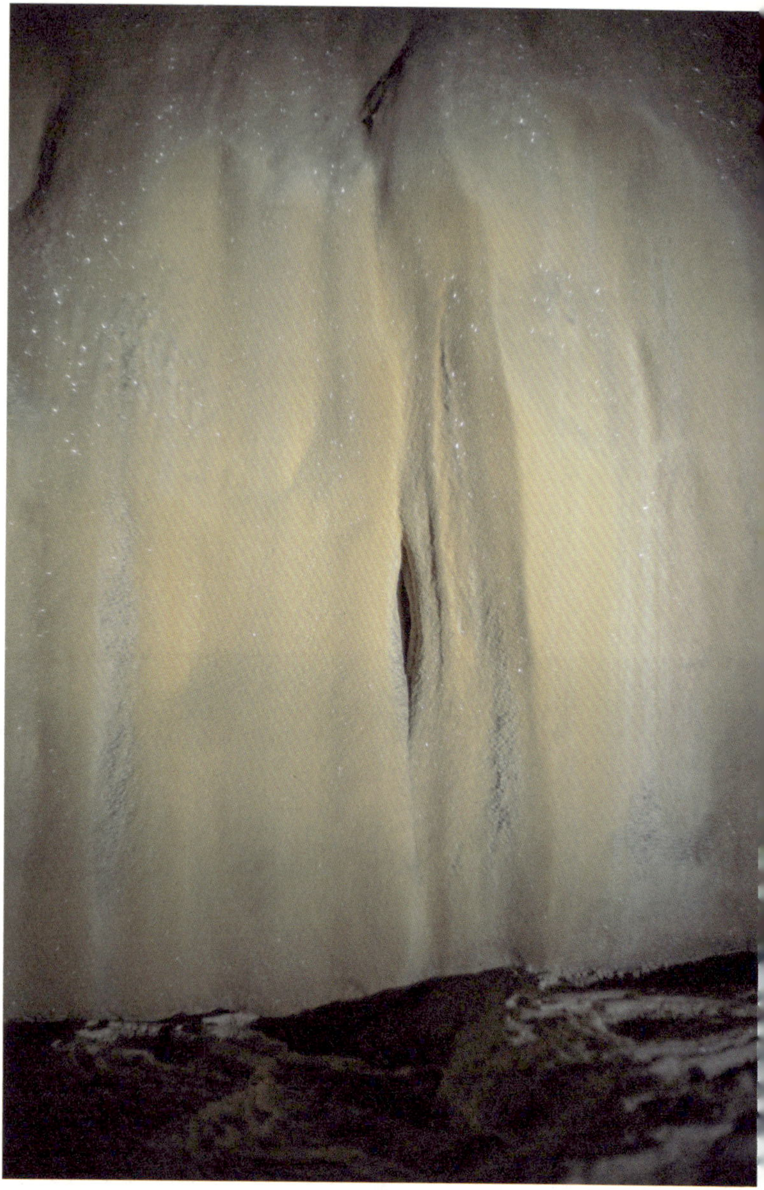

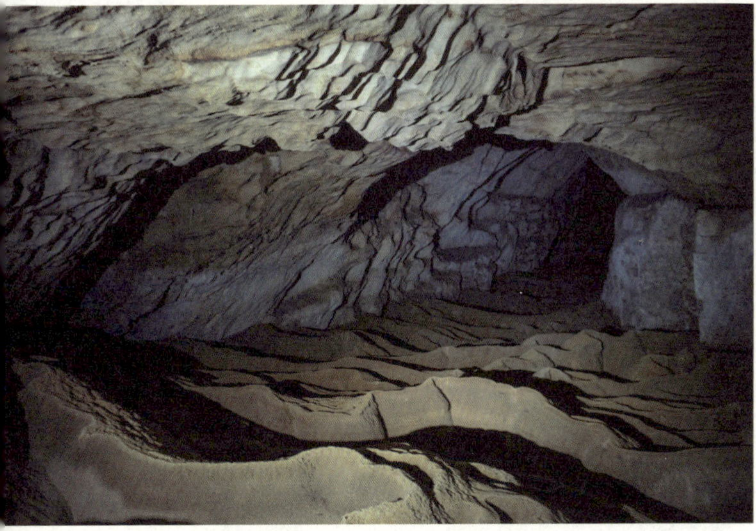

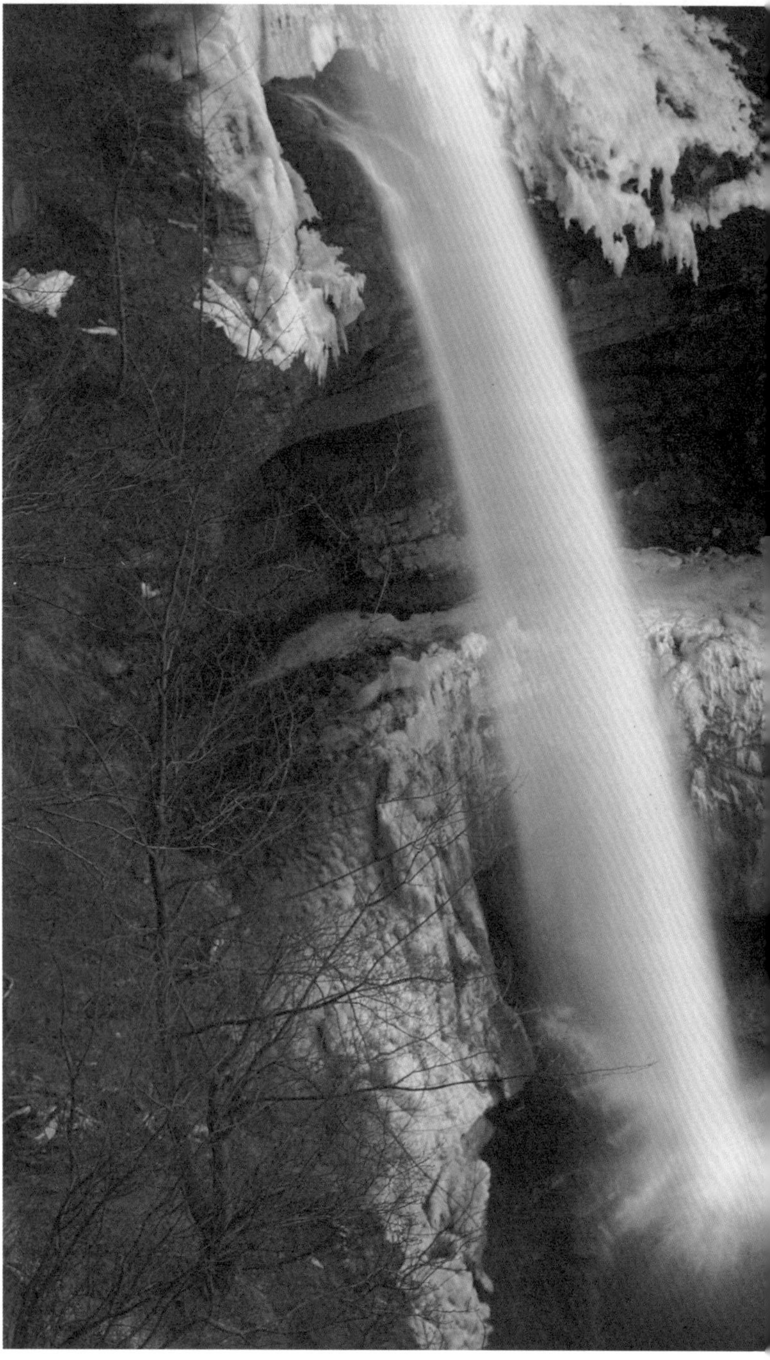

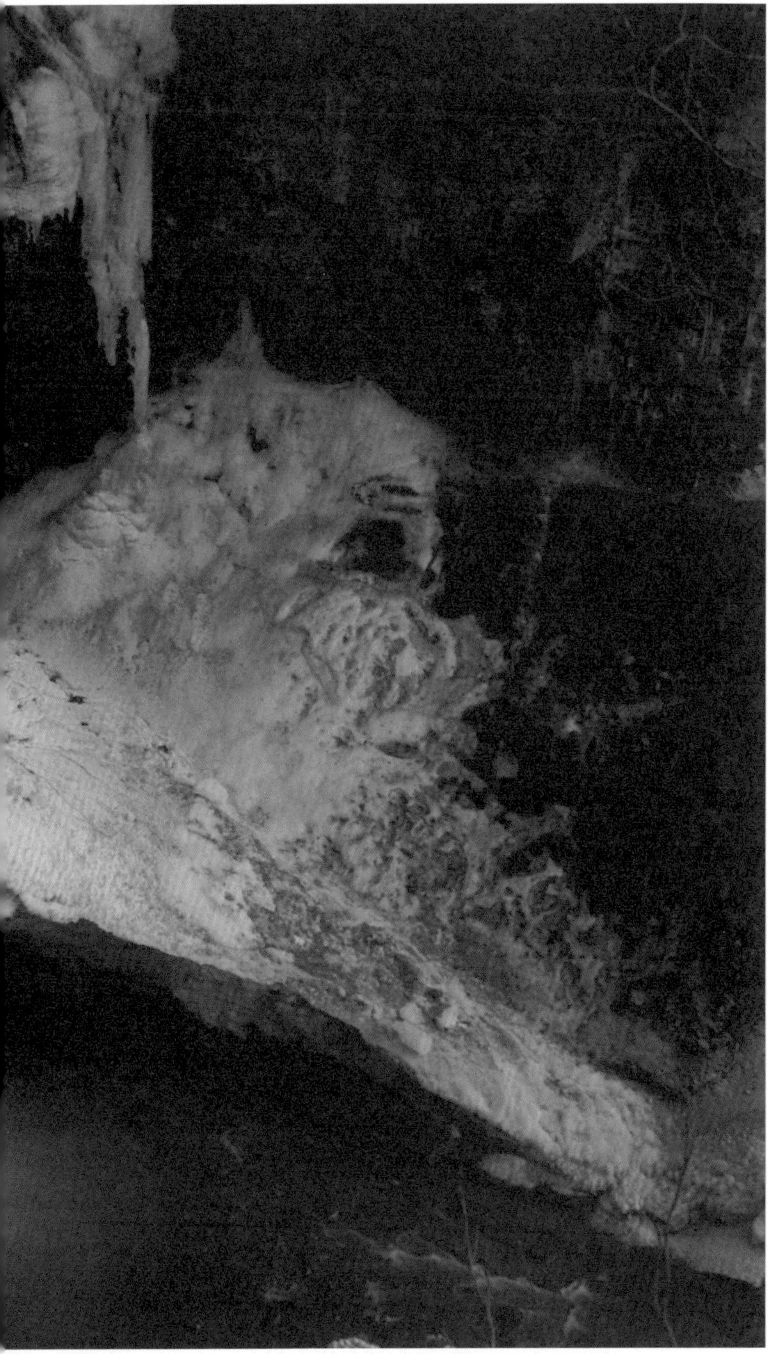

随笔

227　西双版纳游记：我站的地方就是我的家

　　　　　　　　　　　　　　　　郭玉洁

西双版纳游记:
我站的地方就是我的家*

撰文 郭玉洁

---

* 本文获得单向街基金会"水手计划"支持。"水手计划"致力于资助青年创作者的田野调查与创作。联系方式:foundation@owspace.com。

随笔 西双版纳游记：我站的地方就是我的家

一、疯狂的春节

饥荒之后，人会暴饮暴食，禁足之后，人立即冲出家门。作为一个旅游目的地，西双版纳熬过了萧条的三年，突然迎来爆炸一般的春节。这个区级自治州的州政府所在地景洪市，常住人口约64万，2023年春节期间，一下涌入了两百多万游客。西双版纳被迫超负荷地运转起来。

我到达西双版纳时，已是2月中旬，春节过去了，情人节也过去了，人潮已渐渐散去。所有人都在回忆这个疯狂的春节。民宿老板说："前两年，房价就两百多、一百多，旺季顶多四百，春节你知道多少吗？一千六！对啊，是一晚上！旁边的酒店两千！就这还订不到呢！"小红书每天推送"西双版纳就是坑"的帖子，游客抱怨订不到房，打不到车，打到了司机会就地起价。司机抱怨得更厉害，因为路上堵得根本走不动，尤其是景区。"我姑娘春节来看我,"司机徐师傅来自长春,他说,"我们去了两趟星光夜市,根本没挤进去!"星光夜市,号称是亚洲最大的夜市。对本地人的影响可想而知,交通拥挤到没法出门,物价上涨,朋友说:"那时萝卜哟,涨到了十块一斤!——幸好山上有野菜,也够吃了。"她哈哈笑着说。真不知这该归功于西双版纳植物的丰饶,还是人的乐天热情。

不难想象人们为什么来到这里。走下飞机,整个人突然觉得一阵轻松。天气冷暖刚好,湿度刚好,空气是真正的透明,无形无色无味,毫不费力地进入肺里。这才意识到上海的空气里,灰尘混合了尾气,味道有多浓重,而北方的空气,冷冽刚硬得割人喉。才会意识到干净的空气和水有多重要,而这时人往往已经衰老或罹患疾病。

除了短期游客,西双版纳也迎来了许多定居者。尤其是2018年之后,三亚开始限购,许多南迁过冬的北方人离开海南,来到了西双版纳,其中又以东北人居多。徐师傅去年到达西双版纳,他发现这里天气好,物价又比三亚低,于是回长春收拾行李,和老婆一路开车,五天,4000多公里,他们夜里睡在车上,不敢下车停歇,到了版纳就买了一套房子,住下了——"这儿房价便宜!""往后呢?""往后啊,如果姑娘结婚生了孩子需要我们,我们就过去,如果不需要,我们就住这儿了。""不仅仅是东北人,"徐师傅说,"昨天刚拉了一对青海来的老夫妻,他们下定决心,明年退休以后，就来版纳养老。"

春节已过，但西双版纳仍然是热门的旅游目的地。这也要归功于交通的革命，从前昆明到西双版纳，要坐三天客车，现在高铁只要三个小时。从上海直飞西双版纳的飞机上坐得满满当当，有化着同样妆容、穿同款长裙、永远对着手机、如同批发生产的网红女孩，也有成群结队的上海知青旅游团，阿姨爷叔在机场热烈地讨论，谁去了北大荒，谁去了宜兴农村，谁去了西双版纳……"我们这一代，总归不一样的！"他们如此结论。

我们共同到达的西双版纳，会是怎样的一片土地？

二、李嬢：哈尼族的故事大师

从景洪出发，开车进入勐海县。车盘入山中，海拔渐升，景洪路边光秃秃的橡胶林不见了，山上出现了丰茂的绿色植物，再往上，一片大雾降临，罩住四周。开车的朋友趴在方向盘上，紧紧盯着前方，以防雾中突然窜出汽车、人或动物。

这就是南糯山，著名的茶山。由于海拔太高，山上不适合种植橡胶树，却因祸得福，保住了雨林和茶园。

在一个很容易错过的小路口拐上去，进入一个开敞的院子。院子同样笼罩在浓雾之中，脚下的地、身边的人都清清楚楚，再往外，却是白茫茫的一大团，什么都看不见。龙老师说，这算什么，我们小时候，面对面站着，都看不到对方。她站在院子正中，中气十足地大喊一声：李孃！蒙蒙的白雾中，一个人应道：哎！

李孃从雾气中走了出来，她穿着黑色粗布衣服，袖子、襟边绣着花纹，一望即知是少数民族。她是爱尼族人，在民族识别的时候，爱尼族和其他几个相近的民族并为哈尼族，因此爱尼族是哈尼族的一个支系。我们所在的院子，是李孃一手建立的哈尼族服饰制作技艺传习所。这里也是李孃的家，是她居住、炒茶、宴客、讲述哈尼族故事的地方。

李孃今年六十四岁，看上去是长年行走劳作的人，敏捷有力，脚结结实实地踩在地上。她扎着长长的马尾，面庞清秀，眼睛总是笑眯眯的，年轻时一定是个美丽的姑娘。她说，妈妈在火塘上方的竹笆下生了她，火光的照耀下，看到她是一个清清秀秀、白白净净的小孩子，于是妈妈给她取名"亚主"（爱尼话音译）。"亚"是父亲的名字，按照哈尼族的传统，父子连名，小孩命名取父亲名字的最后一个字，再新加一个字，因此"亚"来自父亲，意思是白灰，"主"则意为眉清目秀。白净清秀，就是她名字的意思。20世纪70年代，读书的时候，老师帮她取了"李金梅"这个汉名。随着年纪增长，"李孃"就成了汉族朋友对她的称呼。

李孃收集哈尼族服饰文化的事业，起源于2000年1月，当时西双版纳开了第三届哈尼／阿卡学术研讨会。李孃的老公张戈参加了这个研讨会。会上有一个研究哈尼族文化的日本女孩，她用流利的哈尼语问张戈，你这件衣服很美，但是你知道衣服上的图案是什么含义吗？张戈说，不知道。第二天，李孃去了会场。女孩问了她同样的问题。李孃也不知道。她记得很清楚，那是2000年1月3日。她说，她平常睡眠非常好，晚上喝一小杯酒，倒下去就睡着了，但是那天，怎么也睡不着。她想，怎么能回答不出呢？我是地地道道的哈尼族啊。她想了三个晚上，3号想，4号想，5号想，到6号晚上，她出门去问寨子里的一个老人，这个图案是什么意思？老人问，哎哟你是不是哈尼族啊？李孃说，是啊。你是不是我们寨子的？是啊。你连这个都不知道？老人告诉她，这个图案叫"者差"，是一个哈尼族女人的名字。者差一生发明了很多刺绣图案，为了纪念这个聪明的哈尼族女人，人们就把她离世前发明的最后一个图案叫作"者差"。

"者差"，当然是爱尼话的音译。包括爱尼族在内的哈尼族，有语言，却没有文字，他们的历史与智慧靠口述、刺绣来传承，谁能想到，在一个彩线织成的几何图案上，有这样一个美丽而古老的故事？李孃用她沙哑的嗓音、夸张的语调来形容当时的震撼："太——美了！"她决定去记录更多哈尼族服饰的故事。

当时，李孅还是勐海县计生委主任，1月8日，她去银行以自己的工资作为抵押，贷了七万块，利用周末，和老公骑着单车，先从本寨开始，询问图案的故事。询问的对象，是那些脑袋里装了许多记忆的老人，每问一次，她会给老人50块。这远超出了当时打工的收入。她说，这是尊重老人，孝敬老人，而且讲故事，也是在付出劳动。老人推辞不要，她就开玩笑说："阿皮阿皮（哈尼话老奶奶的意思），我是开工钱的，小孩去打工，25块一天，我给你50块，你要好好讲，不好好讲，50块我就不给你。"这样，老人才会安心收下钱。有时，他们留在老人家吃饭，又会留下二三十的饭钱。由于口述的特点，对于同一个图案常有不同的说法，于是他们确立了一个方法，广泛问询，有三个以上的老人确认，才会采纳这种说法。这样询问的范围越来越大，本寨的老人访问完毕，他们开始拜访其他村寨，从勐海到勐腊、景洪……一个一个寨子地走，越走越远。哈尼族一般都住在山中，换一个村寨就要翻山越岭，他们常常赶不上吃饭，就在路边的田里掰个苞谷生吃，用随身带的葫芦（当时还没有保温杯，李孅说）接山泉水喝。这样的辛苦不计其数。有一次结束访问，寨子里还是晴天，出寨子之后，突然下起大雨，他们骑着单车瑟瑟发抖，眼睛都睁不开,到家已是半夜十二点,洗完澡换衣服,睡下已经两三点了。"哦——两口子都哭得不得了",将近二十年过去,李孃讲到这段故事的时候,眼眶里都是眼泪,声音颤抖着说不出话,但她仍然笑着,喝一口茶,镇定下来,又笑着说,"幸好那是星期六,第二天还可以睡觉,对不对?"

像很多部落、家族的年长女性一样,李孃有非常出色的口述才能,记忆力超群,讲述幽默、生动。事情发生的日期、数字,她都记得清清楚楚。她也有自己的记忆技巧,比如她想讲"柬埔寨"这个国家,又想不起来时,会念"泰国老挝缅甸柬埔寨……柬埔寨!"。这种口诀式的记忆技巧,也体现在哈尼族的服饰工艺上,李孃说,一千多年来,哈尼族的女人们靠口诀来传承技艺,"以口诀为美",口诀中包含了配色、图案,记住口诀,就记住了古老的刺绣规律。

一开始,他们只是询问服饰文化,后来,看到有人不要的哈尼族传统服装、物件,李孃就出钱买下来,挂在单车上,左边一个,右边一个,身上还挂着一个。这时大女儿已经工作了,她回来告诉李孃:"妈妈,人家都说你是'捡垃圾的计生委主任'嘛。"

2008年,李孃索性办了内退,她终于可以遵从内心的意愿做自己喜欢做的事情了。一开始贷的7万块早已花完,李孅继续贷款，钱还是不够用，她就把县里和州上的房子都卖掉，在南糯山办起了哈尼族文化传习所，盛放自己收来的哈尼族物品。可想而知，长年的奔波付出遭到了老公和女儿的反对。她不跟他们吵架，但也不妥协。她说，有时候看到老公的脸拉下来，她就走开，或者晚上蒙起被子哭一下，"我想好了，离婚就离婚，不过娃娃全部你带，我还是要做我的这个事"，转了个弯，她又说，"但是他们离不开我的"。

李孅越走越远，她走出了西双版纳，到红河、思茅……甚至到了泰国、老挝、缅甸、柬埔寨……边境民族常常跨越国界，只要有哈尼族的地方，她都去。比如，李孅解释道，她听说有一家泰国哈尼族的女儿嫁到了缅甸，她就要去缅甸看一下，看她是否还使用原来的语言、服饰，有没有什么变化。

哈尼族的土地父子传承，而服饰是女人的工作。四散流徙的故事，也常常是女儿出嫁的故事。

李孅最早来到南糯山时，只有一个小房子。老公和女儿在山下居住，她一个人住在山上。她说，那时候哦，真的，也不知道害怕，但老百姓对我是很好的。她每天出门的时候，会烧好茶放在路边，再留一瓶酒和一个酒杯。周边村民忙完地里的活，可以在那里休息。她回来之后，看到酒瓶浅了一些，酒杯洗干净了放在旁边，就知道有人来过了。但除此之外,"他们一根针也不会拿我的"。

有一天,李孃正在集市吃早点,听见一个女孩从景洪来的客车下来,向别人打听:"请问一位叫李金梅的老师在哪里?"李孃举手:"我就是!"女孩自我介绍说,她来自台湾,母亲是出生在老挝和云南边界的哈尼族,因为嫁给国民党军官,1949年之后去了台湾。女孩听说了李孃在做的事情,就来找她。她说,母亲89岁,已经不会说哈尼话了——那里就她一个哈尼族,跟谁说呢?李孃带着女孩,找到她母亲出生的村寨,也找到了母亲的家人。女孩走的时候,李孃送了她母亲一件哈尼族的衣服,送了女孩一个哈尼族的包包。女孩后来告诉李孃,看到衣服和包包,已经不会说哈尼话的母亲不停地哭,不停地哭。

李孃的肚子里装着许多这样的故事。

三、南糯山上的一天

李孃坐在一楼大厅的茶桌后,身后的墙上悬挂着哈尼族的刺绣图案。她一边讲着故事,一边眼看四面,注意正在发生的事情。那天家里的人不少,二女儿已回到山上,和他们住在一起,建筑工人在翻新厨房,她还有一拨客人将要到来:干儿子要上山,进行每年春节例行的拜见老人仪式。住在南糯山上的李孃,非常繁忙。

大厅的一侧，挂着"非物质文化遗产"的牌子，2013年，李孃所做的工作终于得到了承认，政府批复李孃所做的工作为"非物质文化遗产保护"。这时女儿说，哦，妈妈，你这个"捡垃圾的计生委主任"还是非遗保护嘛！来自政府的承认，让女儿和老公接受了李孃的工作。她的贷款已经全部还完，她也不再收购传统服饰与物件，因为传习所教出的学生已经会"半路打劫"了。新的事业是，假期她会在这里开课，教寨子里的小孩说爱尼话，唱爱尼族的歌，跳爱尼族的舞，这源于同样的危机——李孃说，没有了语言，民族也就不存在了。

另一侧挂着整排整排的哈尼族服饰。李孃一走进，原先昏暗冷清、如同旅游纪念品商店一样的空间，立刻在故事的魔力下，鲜活了起来。李孃指着模特头戴的帽子说，哈尼族女人一生要戴八顶帽子，每个阶段都不同：三岁之前，帽子的样式和男孩一样；三岁之后有了性别之分，到十五岁之前是一种；十五岁后可以恋爱了，又是一种——这时候人们看到帽子，就会特别注意；再到结婚，帽子上的装饰逐渐增加，出嫁时最盛，帽子上插满了彩色的羽毛和银饰，像花开到最繁盛灿烂的时候。李孃说，这是哈尼族最美的嫁妆，再穷的人家也要为女儿做一顶。等婚后、怀孕、做了奶奶/外婆，头饰一步步消失，最后，去世时，只剩一块黑色的头巾放在身边，装进棺材里。八顶帽子，就是女人一生的故事。

李孃1957年出生在勐海县格朗和苏湖丫口老寨,她是家里最小的孩子,性格自由、活泼、胆大,上学之后,因为听不懂汉话,不会做作业,也不喜欢读书,只喜欢上树摘果、掏蜂蜜、掏鸟窝、下河捞鱼摸虾……一次她爬上别人家的果树摘果子,被人家堵在树上下不来,那种紧张和难堪的感觉,她至今都记得。好动的她,理想是做武干——武装干部,也就是武装部在乡镇的工作人员。

尽管调皮、不爱读书,但她从小就喜欢做好事,帮助别人。这一点,她首先归于家庭教育,那是一个普通的爱尼族家庭,爸爸烤酒(一种制酒方法)卖酒,母亲放牛,他们对她说,家里人多,有的是劳动力,不缺你一个人,你去帮助那些更困难的人吧。当时村里有两个五保户,他们没有孩子,没有亲人,七八岁的亚主常常去帮他们干活,每天她都算着时间,在他们从地里回来之前,把火点着,红红火火地烧着,再把水壶装满,她拿不动,就一点一点地提上去,支在火上,这样他们回家时,家里是暖暖的,还有热水喝。其次,做好事,也是那时的时代氛围。李孃还记得广播里的宣传:"向雷锋同志学习,做一件好事不难,难的是做一辈子好事。"当时的小学校长听说了她帮助五保户的事情,就写了一篇文章,叫作《人小心红的铁姑娘》,还要她去学校、村寨演讲,号召大家向她学习。她说，我也不害羞，叫我去就去。幼小的她看不懂汉字，但是"人小心红的铁姑娘"这句话她记得很清楚。在家庭和社会的鼓励下，这种利他、付出的精神一直保持了下来。

除此之外呢？李孃说，"大概妈妈生下我的时候，老天爷就把这些东西放到了这里"，她指了指脑袋，"要我去帮助别人"。

小学毕业之后，亚主有一个去州师范附中读书的机会，她不想去，因为听不懂汉话，但是老师说，你不读书，就当不了村里的武干，你为人民服务、一辈子做好事的理想会泡汤，敌人来了你没有办法，只会捂着头跑，其他人也不会听你的指挥，因为你没有文化，指挥不了大家。

于是1975年，亚主去了州师范读书。第一次离开家的她忍耐着寒冷和饥饿，也仍然帮助生病、困难的同学（老师因此任命她为劳动委员），但是由于不懂汉话，写不了作文，也不会用汉话演讲，她经常逃跑回家。1978年，竟然也顺利毕业了。她说，如果不是赶上"张铁生交白卷"也能上大学的时代，我这种成绩的人是不能读书的，这也得感谢那个时代了。

毕业后，她被分配到南糯山二小当老师，又辗转几所学校，成为校长。她对学生和村民都很热心，帮孩子洗澡，把工资给学生看病，给村民买种子，教他们种菜。唯一的困难是不会写材料，于是都由同在一所学校的张戈负责。

1989年，由于她在当地群众中的口碑好，被选为乡妇联主席，后来又成为副乡长。到今天，她仍然一脸诙谐地讲起当时的场景："组织上来谈话的时候，我说哦不行不行。为什么？我没有文化，就是一个初中生，高中都没上过，我不会当领导。书记说，你可以当，你为老百姓做事就行了。我说不行不行，我不会写文章，我老公会写，让他去做吧，我就做家庭主妇。"她大笑着："我也是比较天真了，对不对？"最后，书记答应帮她写总结，她才答应上任副乡长。两年半后，她又成为勐海县计生委主任。

这种口述与文字的分工，也体现在夫妻俩的收集工作中。李孃负责提问、社交，老公张戈在电视台工作，是一个沉默的哈尼族知识分子，他负责用文字记录，并进行整理。从2000年以来，历经十五年，他们两次自费把整理好的哈尼族服饰文化图案印刷成书。为了省钱，封面封底都是白皮，但是都没有人理睬。第三次，有人出18万，资助他们出版了一本彩色印刷书籍，条件是放弃署名。李孃摩挲着已经翻了很多次的封面说："奔波了这么多年，整理了这么多年，上面没有我们的名字，就是这18万。"

直到现在，李孃还像小时候一样，帮助寨子里的老人。每到天冷的季节，她会去看望五保户、困难户。第一年，她去看了120户，送衣服送棉被，每户再加五百到一千的现金。现在的房子盖好之后，她把八十岁以上的老人全部拉到这里吃饭，每个人送50块，再送一床毛毯。

自己的钱不够用，她就去募捐。她跟朋友说，你们不要去喝酒，不要去玩女人，要献爱心嘛。她说："我是开玩笑，嘴巴比较甜，才会这样说，对不对？"

服饰文化馆是一座二层的现代建筑，院子里还有一座爱尼族传统木屋，用作展示传统建筑和生活。和云南其他族落的传统房屋一样，一楼太潮湿无法居住，用作养牛、养猪、养鸡，二楼住人，三楼是仓库。二楼分为两个房间，一间父亲带着儿子们，另一间母亲带着女儿、儿媳居住，两个房间各有一个火塘，火塘是人们烧饭、烧水的地方，也是抽烟、喝茶、聊天、讲故事的地方。火塘上吊着一个水壶，李嬢解释说，最早锅放在石头上，但是石头倒了，锅也就倒了，于是老祖先发明了一个工具，从上面吊着水壶，这样就可以固定了。哈尼族的女人太——聪明太——智慧了！她总是这样赞叹。她向我们表演着传统的生活，如何在火塘边抽烟，女人把饭做好之后，如何把饭端到男人的屋里，等吃完之后，再如何双手端着锅碗，退下去，然后女人们才开始吃饭。李嬢似乎知道我们想说什么，摆着手离开了这个房间："以前男女不平等嘛，现在不会了，现在平等了。"

哈尼族是父系社会，男人是家庭和社会的中心，李嬢这一代女性的翻身，改变了原来的家庭结构，使得男人也经历了痛苦的转变。张戈形容这种转变,"就像戒大烟一样的难受"。但是最终,他戒掉了。李孃说,张戈是个有主见、有智慧、会调整方向的人,"我们都认为每个人都有适合自己的位置,不一定非得是男主外女主内,因为男女的定位不是由性别来决定的,是可以通过学习互换角色的,只要自己愿意,尊重对方做自己擅长、喜欢的事,才是真正的男女平等,我们家的转变就是一个成功的例子"。

李孃的角色是很新的,时代的巨变,让她有了接受教育、进入政府、承担公共事务的机会,让她成为社会的主人翁;但这种角色也是很古老的,千百年来,妇女都是家族、社区的守护者,她们在火塘边照顾老人和小孩,用她们的智慧和爱编织故事、讲述故事,把记忆一代一代流传下去。

中午,客人来了。李孃的干儿子是佤族,朋友戏称"佤族小王子"。他开着Mini Cooper,还带来一个开跑车的朋友。"佤族小王子"在大学艺术系任教,妻子是布朗族,也曾在政府部门工作,他们都已嵌入城市和现代体制,却也与大山、土地有许多牵连。

李孃说,他有一个姐姐从小就被拐卖,最近找到了。这是怎样一个惊心动魄的故事,却又被如此平淡地讲述着。"佤族小王子"带来两个姐姐(并没有被拐卖的那个),她们脸晒得黑黑的,穿着隆重的佤族服装,戴银项圈,头巾上也装饰着银饰，足有几斤重。身处众人之中，李嬢变得非常活泼，她好奇地蹲在一边问两个佤族妇女，佤族的帽子是怎么戴的？

由于父母早逝，"佤族小王子"认了李嬢和张戈为干爹干妈。按照传统，他每年春节都要来拜见老人，今年已经迟了。他端来两盆清水，为李嬢和张戈洗手、洗脸，又请他们吃了一种甜食，寓意是希望他们生活甜甜蜜蜜。桌上还有李嬢托人当天买来的猪肝猪心，这是"心肝宝贝"的意思。最后，李嬢拿出两套手工制作的哈尼族服装，送给这对夫妻——一个佤族男人和一个布朗族女人。仪式简短而亲切，在众人的簇拥下笑声不断，然后大家分坐两桌，吃饭、喝酒。我们吃罢离开时，他们准备开始唱歌、跳舞。据说，这样的日子只是李嬢家普通的一天。

李嬢到门口送我们。我感谢她讲了这么多故事，她仍旧笑笑，眼睛里闪着聪明的光芒，好像在想着什么，然后说："每个人生下来都有故事，你有，我也有，我们的故事都不一样。有用的故事嘛，我们就拿出来跟大家分享，没有用的故事，我们就埋在下面，让它慢慢地消化。"

她的眼睛又聪明地闪了一下："我的故事不精彩，一点都不精彩，但是，我拿一点民族的东西放在里面，故事就精彩啦。"

四、橡胶林：山的毁灭与新生

上南糯山的时候，一路见到许多现代楼房贴着青翠的植物和红色的土壤，楼旁停了至少一辆汽车。生活在这座著名的茶山，本地茶农算得上小康，也有许多异乡人来到这里。当我们经过一座红色八角屋顶、碉堡一样的楼房，龙老师说，这是一个作家的房子，他叫什么来着？就是那个，他得了癌症，到南糯山来住了一段时间就好了。

原来这就是马原的房子。龙老师一定没有看过他的作品，因为他的小说《虚构》第一句话就是，"我就是那个叫马原的汉人，我写小说"。作品发表于1986年，叙事者的出场击破了虚构与现实之间的界限，成为名噪一时的先锋作品。今天先锋文学已经失去活力，人们不一定还看马原的作品，却都知道了他避世治病的故事。

下山之后一个月，《人物》杂志发表了一篇文章《马原的城堡》，我才知道，那座红色屋顶的房子里发生着什么。马原厌倦都市生活，在山上建起了自己的王国。从这个角度来讲，倒也不难理解。大山，从来都是逃避战乱、逃避世俗的藏身之地。历史上无论少数民族，还是汉人，都会这样上了山。深山多险，难以进出，可以保平安，也在相对封闭的环境中，形成了自己的生活传统与文化。只是今天，山已不再封闭，一切都在面临挑战。

山路上，一个爱尼族女孩手里拿着一把菜，准备回家做饭。路过的游客盯着菜问道，这是啥？女孩站住了，笑着说，这是香椿。男人说："香椿？这是香椿？不是吧？跟我们那边的香椿不一样啊。"女孩笑着："这是香椿，你要吗？送给你！"她坦荡、慷慨又亲切的样子，让男人吃了一惊。他狐疑地看看菜，又看看女孩。女孩把菜递给他，轻盈地走了。男人站在山路上，摊开的手里拿着菜，一脸疑惑地给跟上来的女同伴看，"她说这是香椿"。同伴瞥了一眼说，扔了罢。

一个老奶奶坐在山泉旁织包包，旁边烧着火，可以烤东西吃，也可以泡茶。我们坐下来喝了一壶茶，要给她茶钱，她却不收："我不要钱！"龙老师问："阿皮，你平时有钱花吗？"老奶奶说："儿子会给。"她一边织包包一边摇头，又说，"我不要钱！"龙老师说，上次经过这里时，老奶奶一家正在烤肉，一群东北游客经过，老奶奶一家请他们吃，他们毫不客气，并不谦让主人，也不付钱，而且很少。龙老师无数次地叹息，我们爱尼人太善良了。

南糯山上有李孃，也有马原，有淳朴的爱尼族女孩和老奶奶，也有成群而来的游客。来到这里，就是在创造新的文化，只是区别在于创造什么样的文化。

上一次外人大规模地到来，是知识青年上山下乡。他们响应号召，到西双版纳改天换地，开辟橡胶园。在种橡胶的知青里，有两个非常著名的人物，一个是作家阿城，一个是电影导演陈凯歌。阿城著名的"三王"系列——《棋王》《树王》《孩子王》，全部取材于在景洪农场的插队经历，其中《树王》非常写实地描写了改变山林的过程。

千百年没人动过这原始森林，于是整个森林长成一团。树都互相躲让着，又都互相争夺着，从上到下，无有闲处。藤子从这棵树爬到那棵树，就像爱串门子的妇女，形象却如老妪。草极盛，年年枯萎后，积一层厚壳，新草又破壳而出。一脚踏下去，"噗"的一声，有时深了，有时浅了。树极难砍。明明断了，斜溜下去，却不倒，不是叫藤扯着，就是被近旁的树架住。一架大山，百多号人，整整砍了一个多月，还没弄出个眉目来。

在砍树事业停滞不前的时候，知青当中涌现了一个标兵，他早出晚归，带头砍树，誓要把山上最大、最难砍的一棵古树放倒。在小说最令人屏息的部分，他终于成功了，然后，放火烧山。阿城写道：

突然一声巨响，随着嘶嘶的哨音，火扭作一团，又猛地散开。大家看时，火中一棵大树腾空而起，飞到半空，带起万千火星，折一个筋斗，又落下来，溅起无数火把，大一些的落下来,小一些的仍旧上升,百十丈处,翻腾良久,缓缓飘下。火已烧到接近山顶,七八里长的山顶一线,映得如同白昼。……

山上是彻底地沸腾了。数万棵大树在火焰中离开大地,升向天空。正以为它们要飞去,却又缓缓飘下来,在空中互相撞击着,断裂开,于是再升起来,升得更高,再飘下来,再升上去,升上去,升上去。热气四面逼来,我的头发忽的一下立起,手却不敢扶它们,生怕它们脆而且碎掉,散到空中去。山如烫伤一般,发出各种怪叫,一个宇宙都惊慌起来。

目睹这一场景,主人公"这才明白,我从未真正见过火,也未见过毁灭,更不知新生"。

也许是性格使然,在这场改天换地的巨变中,阿城一直是一个旁观者。小说中的"我"不是英雄,他并不积极投入毁灭与建设,只是沉迷于各种技术细节,比如做饭,比如磨刀——他磨的刀成了砍树的利器。"我"为自然的蛮荒和神秘震慑,他觉得远处的山"蓝蓝的颠簸着伸展,一层浅着一层","像人脑的沟回,只不知其中思想着什么",夜里"森森的林子似乎要压下来,月光下只觉得如同鬼魅"。森林毁灭的场景,使昂扬的革命、青春的热血变得悲壮而惊悚,甚至荒谬。

随笔 西双版纳游记：我站的地方就是我的家

同样在景洪农场插队的陈凯歌，在回忆文章里摘引了上述《树王》中烧山的文字，又写道，烧山之后，他们再种上橡胶树苗，"旧日的青山仿佛插满图针、解剖过的一具具尸体"。和阿城不同，陈凯歌记住了毁灭，也记住了豪情和快乐。"'文革'以后，当我看到那些充满怨言的'知青文学'时，我对自己说：嘿，他们把一个人第二次杀死了。在我渐渐懂得，艰难和困厄乃是普通中国人的正常生活之后，触动我的，反而更多的是力量。"

曾经的知识青年，已进入了晚年。一代人中断学校教育、上山下乡，是前所未有的经历，就像机场的知青旅游团所说，我们这一代，总归不一样的。但是这种不一样意味着什么？在种种的断裂、分裂之中，我们甚至还不知道该如何看待这段过去，就要因他们的老去，而渐渐遗忘这些记忆了。

此后规模浩荡的知青返城运动，也是从云南开始。1978年底，西双版纳农场的上海女知青徐玲先难产死亡引发了抗议，行动迅速升级，罢工、卧轨、游行请愿……标语上是"我们要回老家去""知青要做人！""知青要回城！"。1979年初，知青返城大风暴从云南蔓延到了全国。上山下乡运动就此终结。1994年，一部电视连续剧《孽债》令全上海落泪，它讲的就是很多知青为了回城，放弃了在当地组建的家庭和孩子，数年后，这些孩子来到上海寻找父母。电视剧的主题曲唱道:"美丽的西双版纳,留不住我的爸爸／妈妈……"

在西双版纳,略微年长的一代中,还留着知青的记忆。很多人记得小学有许多上海知青老师,也记得他们偷吃了寨子里所有的鸡。一位出租车司机说,他的邻居就是一对上海知青的孩子,他们回城之后,孩子留在当地,现在已经五十多岁了。"还认吗?""不认了!认了干吗?"

山林烧尽,热带雨林就这样消失了。灰烬中栽上了橡胶树。这是当时的战略物资。在一次与上海作家陈村的对谈中,阿城说,1979年他离开西双版纳之后,农场来了一封信,说我们把地分了,包产到户了,现在有钱了。20世纪80年代,许多林地和田地进一步改种橡胶树。对于长期处于封闭和贫困之中的村寨来说,橡胶林大大地提高了他们的收入,但是,这也改变了西双版纳的地貌。

我到达版纳时,是北方的冬季,热带的旱季。现存的雨林郁郁葱葱,直耸入天的龙竹、四处纠结生长的绞杀榕,各种植物错落,花季即将到来,据说那时将有一树一树耀眼的花。可是更多的地方是橡胶林,天虽不冷,风甚至很热,叶子却已全部落光,看过去像北方的秋冬。白色的枝桠干枯瘦涑,树干上几道黑色的伤口对准黑色的碗——那是橡胶汁液流出的地方。在西双版纳热带植物园的情人峰(据说这是情人登高的地方)向下看去,保护区的雨林繁茂葱郁，一丛一丛绿茸茸的，令人想要伸手抚摸，远处一条清晰的分界线，线外是枯黄萧瑟的橡胶林，在雨林的衬托下，像森森白骨一样，令人惊怖。

橡胶林，人们又叫它"绿色沙漠"，因为它吸水量极大，无法像雨林一样涵养水源，净化空气，调节气候。曾经的西双版纳常有大雾，西双版纳植物园的指示牌上写着，雾气中的水分滋养着树下百分之七十的植物生长。而橡胶林下没有植物，只有枯叶与浮土。

五、基诺山：雨林、舅舅的后代与贫穷往事

在基诺山上，离开山路，从干燥的橡胶林往下降，落到谷底，就是雨林。突然，我们像落入了仙境，被饱满、错落的绿色包围，溪水清凉冰澈，巨大的芭蕉叶足以卷起一个人，高高的竹叶与树木遮住天空，偶有阳光从绿荫中洒进来，在溪水中点点闪亮。断木倒在溪流中间，身上缠着不死的藤。在仙境中必须得非常小心，有时水忽然变深，灌入胶鞋，有时石头上有青苔，容易滑倒，有时溪水被大石堵成瀑布，得手脚并用从山壁爬行。"当心！"向导说，"旁边的植物有毒。"

这是去年才开发的基诺山雨林徒步。向导提示说，徒步中尽量轻装，能不带的就不带。"那手机要带吗？——

刘天昭

我真怀念虚无
自由的弥散,美好的烟雾。

既然雨林中没有信号。"向导奇异地看了我一眼:"那你不是白来了?不带怎么拍照?"

今天的旅行,是专为镜头和影像而生的。在热门景点,你可以最直接地看到这一点。比如景洪的曼听公园。曼听公园原本是傣王王宫和御花园,旁边是皇家佛寺——总佛寺,因此这里曾是西双版纳的政教中心。层层叠叠的金色屋顶,檐角飞舞着金色孔雀,红色宫墙上遍布金色花纹,花园非常精巧,为丰茂的热带植物包围。这样富丽、热烈的建筑让人想到一些东南亚国家。不过,最壮观的不是建筑,而是在同一时间段,公园里大约有几百位穿着同款长裙的女子——这是改造过的傣族服装,金色、粉色、紫色、浅蓝、轻绿的长裙,一边肩膀斜拢轻纱,另一边肩膀裸露。不只装束相似,很多人面容也很类似,突兀而僵硬。宫墙前,同时并立着五六个这样的女子,窗户内,又有五六个,摆出姿势,由摄影师拍照。她们互不干扰,因为每个人需要占据的只是一小片宫墙、一小片金色,和自己精心装扮的样子。

人们不需要了解版纳,不需要了解村寨的生活,只要一张照片发在"小红书"上,"这里很出片,姐妹们!"——不错,今天的揽镜自照者多是女性。以至于从前你会看到很多独自出行的女孩,现在却很少了,八成是因为她们需要另一个人拍照。

异性的年轻情侣，经常看到女孩虎着脸，男人百无聊赖地跟着。据说拍照是最重要的争吵点，为此，很多女孩干脆雇摄影师同行。有一位带着单反相机的摄影师现场拉生意，他拦住两个穿长裙的姑娘问，你们要不要拍照的？包你们好看！姑娘一边走一边说，那你先拍一张看看。

照相机和旅行普及以来，"到此一游"式的影像印记，从来都很重要，很多时候，它就是旅行的目的，但是今天，随着社交媒体出现，状况更加惊人了。

在李嬢家，"佤族小王子"带来的朋友之中，有一个年轻女孩。李嬢轮流帮我们换上哈尼族的服装，作为体验。我换衣服的时候，她举着手机在旁边念念有词。轮到她了，她把手机交给我，请我帮忙拍视频。一边换，她一边笑盈盈地说："你们说好不好看呀？"我直觉地回答说："好看啊。"然后立刻意识到，她不是在对我，而是在对镜头说话。

人们获得了前所未有的出行自由，却也前所未有地活在了二维的虚空之中。

这改造了游客，也改造了旅行目的地。景点常常都以拍照来设计自身。比如城市的许多"网红"空间，比如西双版纳热带植物园尽管有如此众多的植物，最著名的却是"王莲"——这种莲叶巨大到人们可以站在上面拍照。而基诺山雨林徒步也不例外。

这条徒步路线长三公里，三四小时就足够走完，但也许是为了投游客所好，也许是为了将时间拖至午饭后，路上设置了许多拍照点，比如两处断木、一棵绞杀榕、一个树藤造成的野秋千等等。这大概不能怪旅行社，因为大部分游客乐此不疲，他们嘻嘻哈哈地拍照，不肯前行。中断使旅程漫长无聊，在雨林的阴影中，刚刚热起来的身体很快冷却下来。午餐安排在一片开阔的溪地，我们坐在溪水中，以芭蕉叶为桌布和碗，吃米饭和烤肉。这些细节表明，设计者是懂得环保和在地旅游的，然而在饭桌边，就是一个奇特的旅游项目：攀登一棵绞杀榕。游客系好安全绳，从榕树中的空隙爬上去。一个当地的大叔站在一旁，拉着安全绳的另一头做保护。很多面容类似、穿瑜伽裤的女孩在空中一直叫：我爬不动！拉我呀！快拉我呀！大叔用全身的力气拼命往下坐，将她们一下一下拉到顶。然后，拍照。

走出雨林的荫蔽，暴露在橡胶林里的阳光里，除了雨林之美，留下的印象极少。只知道，基诺山上居住的民族叫作基诺族，它是56个民族中，最后一个被识别的民族，现在有三万多人。以及，我们一团十人，每个人交350块，但两个当地基诺族的向导，每人只拿到150块。

离开西双版纳后查阅资料，才知道基诺族至今仍保留着许多母系社会的特点，比如母亲才有权为生病的子女杀鸡"招魂";在上新房的仪式上,第一个手持火把登楼点燃火塘的是氏族内最年长的女性;村社长老虽是男性,但他们沿用了母系氏族公社时代的称号——"左米尤卡",即村寨的老奶奶。而"基诺"的意思,是"舅舅的后代",或"尊敬舅舅的民族"。一位名为龙玥璇的作者在文章《基诺族——茶马古道上的"孔明后裔"》里写到一个有趣的故事。2015年,她在基诺山小普希这个仅有15户人家的寨子里做田野调查,偶遇基诺族老人车布鲁。在基诺族的习俗中,舅舅通常是外甥的庇护者,而车布鲁幼年丧父丧母,又没有舅舅帮衬,生活穷困潦倒。作者问他,"在面临人生大事时,在无父无母又无舅舅主持的情况下如何处理?"车布鲁说他认了一个舅舅,家里大事小情都会向他诉说。随后他带上酒、瓜果小菜,带着作者去拜访舅舅。他们穿越一片茶园,到达了一个蚂蚁包,车布鲁向作者介绍说:"这就是我的舅舅。"原来,舅舅可以是一棵树,也可以是蚂蚁包。

车都的童年记忆中,却没有这么多有趣的事,更多的是辛苦。车都曾是基诺乡新司土村委会妇女主任,离开西双版纳之后,我才有机会在电话里听到她的故事。

车都的声音很清亮,像是很会唱歌的那种。她生于1981年,家里两个姐妹。车都说,身为基诺族,女孩多并不会被看不起,大家反而觉得有女儿是好事,"因为女儿更贴心，会照顾老人"。平原上的20世纪80年代，正是经济起飞的时候，可是在基诺山，日子仍然过得很苦。车都说，家里种些旱稻、水稻、玉米，上缴国家之后，剩下的常常不够吃，要靠救济粮度日，只有过年才有可能吃到一点肉。尽管种了茶叶（基诺山也是著名的茶山）、砂仁（一种药材），但是交通不便，很难出售。"太穷了！太苦了！"她不停地重复着。

　　1997年，车都考到昆明上高中。在陌生的环境，在和其他同学的对比中，她更加透彻地理解了贫穷的含义。我请她具体讲讲。电话那边突然没有了声音，我以为是信号不好，"喂"了两声，那边却传来抽泣的声音，她说，"不好意思，一提起往事就……"又是一阵沉默。平静下来之后，她才说，直到现在她都很怕看到方便面，因为读书时，她经常去批发最便宜的方便面，每天就一点家里带来的干腌菜，泡方便面，就这么吃。那时家里每年收入只有几百块，常常无法按时汇钱，只能靠同学接济，"还好有她，要不然都不知道怎么过了"。

　　贫穷的感受，让车都更加下定决心要走出大山，要赚钱，让家里人过上好日子。高中毕业之后，她去北京闯荡，在餐厅打工，也做过会计，经济上逐渐好转。2008年，家里决定用车都寄来的钱翻新房子，车都特地从北京赶回寨子，一起帮忙。没想到，悲剧发生了。正是农忙时节，姐姐上山为橡胶树修剪枝丫,结果掉了下来,胸椎粉碎性骨折。可是盖房子已经花完了家里所有的钱,车都回到北京,又赚了一笔钱,把姐姐接到北京的医院,但那时已经错过了最好的手术时机,姐姐终身瘫痪了。

当时姐姐已经离异,带着女儿和父母生活在一起,车都思来想去,结束了在北京打拼的生活,回到基诺山照顾姐姐。她说,自己从小在外面,靠姐姐一个人撑起家,现在姐姐出事了,该她尽义务了。遗憾吗?"肯定遗憾,这是最遗憾的,刚刚走出去……如果不回来,我也是另一个人生了……"她叹息着,又说,"但是谁碰上这种事,都会这样的吧。"

回到寨子之后,车都当选了村委会妇女主任。她说服村委会,拿出一笔钱来买了一百套桌椅,用来出租——以前寨子里办宴席,都得去外面租桌椅,费钱费工,以后就可以到村委会去租,一举两得。出租得来的收益,用于开展活动,比如办"儿童之家"。对于村寨的妇女和老人来说,如何照顾儿童,往往是最大的问题。车都说:"农村的小孩不像城里,除了在学校,就是在放养了。"因此每到假期,她们就邀请老师或者是村里的大学生到"儿童之家",给小孩讲课、辅导作业,让他们不至于到处乱跑。

做了十多年妇女主任,车都卸任了。她说,家里面负担实在是太重了。她告诉我现在的生活:3月进入采茶季,她每天清晨去采茶，回家炒茶，然后再去摘南瓜。4月，橡胶树成熟，这时她要凌晨三点去割胶，割完回家，八点去收胶，收完再去采茶、炒茶。5月，种水稻。这样忙碌的生活一直持续到11月。割胶和采茶重叠时，最是辛苦。11月之后，橡胶树和茶树都进入休眠期，人也可以休息了——再种一些冬天的作物，比如玉米。除了地里的活，家家户户都要养猪。前几年"非洲猪瘟"流行，车都的三十几头猪全军覆没。"没办法，就是靠天吃饭啊。"她说。

听车都的生活，好像《诗经》中的诗篇，两千多年来，依靠土地生活的人，都是如此依时节劳作，辛苦无已。变化在于，如今橡胶是他们最主要的收入来源，其次是茶叶，这两样经济作物，使得基诺族接入平原的经济循环，也保证了她们基本的收入。现在，车都和寨子里的六个姐妹共同组建了一个合作社，叫作"基诺共创"，卖自己家的农产品。她原本想注册"基诺"这个商标，可惜发现已经被一个外来的老板注册了。

尽管生病仍然是最大的问题，尽管忙于耕作，尽管还不懂互联网销售，但是如今的交通、经济、医疗条件都已改善了很多。车都说，没钱的时候，还可以去申请"妇女就业贷款"，也不至于再发生当年姐姐的悲剧。今昔对比，现在的生活已经很好了，"太好了！越来越好了！"车都说。

我说起雨林徒步，当时的向导正是车都同寨的村民。车都立刻热情地邀请说："明年再来啊！来过特懋克节！"那是基诺族的传统节日，在2月6日至8日，就像汉族的春节一样。"少数民族过节很开心的！"她又说，"4月泼水节你们不来吗？你可以肆无忌惮地泼任何人！你甚至可以袭警！"电话那边，车都明亮地笑着，好像一切辛苦都没有发生过一样。

六、曼达：一个傣族村寨的实验

西双版纳原本是一个傣族王国，到1949年时，统治已延续了九百余年，与此同时，中原王朝历经宋、元、明、清、"中华民国"的更迭。这种长期的稳定性得益于它相对封闭、易守难攻的地利，也得益于长久以来和平的智慧，只有这样，才可以对内多族共存，对外维持与中原、东南亚诸王朝的关系。

1949年之前，召片领是西双版纳的统治者，当地也直称为傣王。傣王把西双版纳分为三十多个勐，由自己的家臣、亲属去治理。后来并为十二个版纳，傣语里，西双就是十二的意思，版纳是提供赋税的行政单位。傣族占据了平坝，后来的其他民族，则分别定居在山上。作为版纳的主要民族，傣族相对富裕，从服饰也看得出，傣族妇女的长裙，棉布里纺进了金丝银线，发髻盘在脑后，看起来富丽优雅，和山地民族——比如李孃收集的哈尼族服装——很不相同。

傣族的文化习俗，很多都与泰国相近。我听朋友讲过一个故事，他在西双版纳时结识了一个傣族男孩，男孩想去泰国玩，可是他从未出过国，因此邀请这位英文流利、常在国际旅行的朋友同去，为他翻译。没想到进入泰国，男孩听懂了当地的语言——那就是傣话啊！此后男孩如鱼得水，朋友反倒需要他来解释。这时候，谁是谁的翻译呢？

曼达就是景洪附近的一个傣族村寨，开车半个小时，进入一座金色的寨门——每个傣族村寨都有这样的寨门。曼达，傣话里是渡口的意思。这里曾有河流经过，现在已经改道。窄窄的村路上车辆不绝，一部旅游大巴几乎造成了堵车。这热闹景象，全不像想象中的傣族村寨。

四年前，龙思海所在的西双版纳妇女儿童法律咨询中心承接政府购买社会组织服务进入曼达，探索城乡结合部农村社区的建设。她和村委会与11个村小组组长一起讨论时，村里共同的忧虑是：身处城市边缘，孩子们深受外来影响，寨子的管理很困难。村委会提出，能不能在原有的老年协会和"儿童之家"的基础上，孵化一个社会组织，把青年、老人、孩子都拉进来，协助村委会管理村寨？

那么，具体从什么项目入手呢？龙思海提出，能不能普及环保理念，不要用塑料袋？组长们说，哦老师，这个太难了，这个搞不掉。龙思海问，那你们想搞什么？组长们提出一个想法，这些年村民都拆掉了传统的木质建筑，盖起水泥楼房，还建起围墙，但原先傣族的庭院是开放的，走在村里，你可以看到所有人家的院子。他们提出，能不能"拆墙透绿"，恢复傣族的庭院？好嘛，就这么决定了，由距离城市最近的三个村小组试点。

龙思海想，这肯定非常困难。她曾在城市的社区做过项目，"难上青天"，而在曼达，要二百八十多户人家都同意拆掉自己家的墙，这怎么可能呢？项目组说，万一拆了，以后小偷偷东西是不是要我们负责，要村委会负责？

各个村组长回去之后，召开村民大会、村民代表大会，紧接着又分别召开老年协会、妇女小组、"儿童之家"会议，后来又召集老庚开会，"老庚"是傣族特有的组织，由年龄接近的人组成，十几人到几十人不等，互相帮助，互相支持。"老老庚、中老庚、小老庚"，大家都各有想法。这样的会开了二十多次。

会开得多，龙思海说，她都急死了。可是她不能表现出来。作为土生土长的西双版纳人，她已在少数民族村寨耕耘多年。最早进入傣族村寨的时候，她的法律人思维，使得语言非常决断明晰，经常使用"应该""必须"这样的词。傣族人性格温柔,听了一段时间之后,寨子的都比(佛爷)对龙思海说:"龙老师,下次你张开你的嘴之前,得先打开你的心。"平时语速很快的龙思海,学着都比慢慢地、温柔地讲出这句话。她说,那天她一晚上都没有睡着。这个经历改变了她。因此这种时候,她只能等。

漫长的会议开完了。结论是:全体通过。一个星期之内,所有的围墙全部拆掉了。这一慢一快,让龙思海非常吃惊。村民的回答是,寨子的事情就是大家的事情,寺庙在,寨心在,我们心就齐。

围墙拆掉之后,村民先是在院子里种菜。可是,菜吃完了,院子里就光秃秃的,不好看,村里联系了旁边破产的花卉基地,把鲜花运到寨子里,但是那样一来,所有院子里栽的又是一样的花,也不好看。由于"拆墙透绿"最早由项目组发起、村民商议决定,因此在开项目跟进会议时,村民们问,老师,是不是我们可以自己决定?龙思海说,你们自己选择,如果要选择整齐划一也可以,想各不一样也可以。村民问,我们不需要听你们的吗?龙思海转述的对话有一种令人热血澎湃的激情:

"这是不是我们的家?"

"是,是我们家。"

"我们的家谁来做主?"

"我们来做主。"

最后，就由每家人自己决定，栽自己喜欢的花，种自己熟悉的菜。

在那之后，村委会又组织年轻人去采访老人，了解曼达的历史，建成了村史馆。龙老师说，很多村史馆只是大略讲一下傣族的历史，这个村史馆呈现的却是身边的历史：曼达最早的祖先是哪里来的，是怎么变成今天这样的。她说："村史馆落成的时候，所有的老人都哭了。"

少数民族村寨面临的问题太多了。年轻人出门打工，孩子留在寨子里，成了"留守儿童"。如何照顾孩子，让他们安全地长大，不为肆虐的毒品、赌博侵蚀？很多村寨因此都建起了"儿童之家"。

"家"，这个在现代生活中变得越来越单一、甚至千疮百孔的词，在这里焕发出它温暖、安全、强大的本质，及其丰富的创造性。在勐海县勐遮镇曼恩村——那同样是一个傣族村寨，有一位玉溜大妈，龙思海说，"玉溜"是曾经的妇女组长，也是基层共产党员。在做"儿童之家"的时候，玉溜大妈说："孩子有四个家，一个是爸妈家，一个是寺庙，一个是学校，一个是儿童之家。"而在曼达，傣族老人说出另一句令人动容的话："我站的地方就是我的家，这些孩子都是我们的孩子。"老人带孩子做体育活动、文艺活动，让他们代表村里参加运动会、歌唱比赛，让调皮、精力无限的孩子留在老人身边，接受傣族文化的教育，变得安静、智慧。

城市化的进程中,老年人,尤其是老年女性成了村寨的守护者,她们也改变了儿童必须由父母教育的现代理念。而人们似乎忘了,在传统社会,孩子原本就是在众人之中长大的。

龙思海说,有一次,她和同事去寨子的"儿童之家",同事说到"留守儿童",孩子们齐声说:"老师,我们不是留守儿童!"同事又问孩子们,长大想做什么?他们又齐声说:"老师,我们想卖烧烤!"龙思海说,当时自己的想法还很精英,觉得这些孩子怎么这样?但是后来想想,这有什么不好呢?

从少数民族身上,龙思海学了很多。在她创办的西双版纳妇女儿童法律和心理咨询中心,做家庭教育时,她们不再邀请所谓专家,而是邀请本民族的知识分子来讲傣族的居家传统,讲如何处理六方关系。人活着,本来就身处种种关系之中。不过,她会再加一条作为现代的补充:公民与国家的关系。

在曼达,龙思海像回了家一样。一会儿去二组老支书家里,介绍说他是世代的傣医;一会儿去老妇女组长家里,她们平时烧制红糖出售;路上又遇到了老年协会会长……村里很少有老房子了,每家都盖了新楼房,每个开放的院子都有丰富的生态,饱满的鸡蛋花、倒挂在树上的菠萝蜜，甚至还有多肉植物与仙人掌。大青树下，是村民聚集开会的地方。路口立着一座红底金色花纹、犹如小型佛塔的建筑，那就是每个傣族村寨都有的"寨心"，寨子的灵魂所在。

正如村里每户人家的门头都有金色的孔雀，每户人家也都有一张毛主席像，它似乎表明过去的历史和体制仍然存在于村寨。龙思海说，和城市相比，村寨的社会网络相对完整，社区也就容易建设。

傣族也许尤其如此，它的文化传统相当完备，他们信奉南传佛教，有自己的文字，傣文翻译的佛经，写在经过处理的叶子上，称为《贝叶经》，已保存了两千多年。而男孩九岁之后都要入寺当和尚。这是他们的启蒙教育，学习佛法，也是学习何为人。所以傣族的精神平和、温柔，龙思海说，傣族是不会虐待老人的。在傣族村寨，妇女们还会依托"老庚"这个组织，一起出动，给家暴的男人施压，用文化与传统的力量解决问题，补充法律功能发挥不足的情况。

一个傣族庭院里，堆着整整齐齐的干柴。我问，那是什么？龙思海说，因为傣族实行火葬，"你常常会看到老人在院子里纺线，后面就是要烧她的柴火"。她念了一句傣族的谚语："死亡就像'左枕头靠着右枕头，蚯蚓钻进泥土里'。"

在数十年的社会工作中，龙思海遇到过许多挫折，常常觉得很悲观，但是曼达给了她很大的信心，她说："曼达村正好在傣族的城郊接合部，离机场和高铁那么近，它的寨心文化，它的信仰文化，你说冲击了多少？"

但是，现实的危机就在眼前，使人摇摆不已。曼达的小楼普遍两三层高，突然有一处耸起了八九层楼的高楼，楼前站着一个赤裸上身、穿着短裤的男人。这一定是游客，龙思海说，因为在傣族的风俗中，从来不会在公众场合如此打扮。这幢村里最高、也最显眼的建筑，有可能是一座酒店，等它建成之后，将会有更多的游客到来。

离开曼达，城市景象很快扑面而来。变化是剧烈的。穿越景洪的澜沧江边，曾经是一片一片低矮的傣族草房，如今已是林立的酒店。本地人与外来人的矛盾愈演愈烈。而所有人最热衷于讨论的是同一个话题：房价。

可以想象，在城市的扩张中，曼达仍然有可能成为城中村，人们接受征地补偿，失去土地，彻底改变原来的生活形态。老一代总会离开，年轻人有自己的想法。在这样的时代大潮中，很难说人们可以做什么，能做多少。"只能希望这个过程慢一点吧。"龙思海说。

七、花与大象

2021年3月，西双版纳的大象群"短鼻家族"出走了。它们离开雨林，一路向北。无人机从空中跟踪它们，拍下小象睡觉的憨态，拍下大象帮小象爬坡的视频。这一时成为网络上最热的话题。从屏幕里看起来，它们比动物园里闷闷不乐的同类萌多了，也比供人骑、会耍把戏的马戏象自由多了。而这个母系群落里互相扶助、保护弱小的文化（的确是文化）让人们觉得更加可亲。

象群从西双版纳到普洱，进入红河州、玉溪市，一度距离昆明市五十公里，毫无返回的意思。渐渐地，人们感到了不安。象走到哪里才会停下？城市里真的出现大象怎么办？也许人们会记起，这是一种猛兽，在曾经的西双版纳王国，战象群，就是一支军队。当象与赤手空拳的人遭遇的时候，吃亏的不会是象。也才有报道说起，象群之所以离开西双版纳，是因为栖息地破碎了。曾经连绵的热带雨林被公路、耕地、橡胶林、茶园占据，切割成一片一片，而天气也越来越热，越来越干旱。大象的出走，和人类一样，只是为了生存。

经过五个月的"北伐"，象群终于掉头，回到了自己的栖息地。人们终于舒了一口气，然后遗忘了这个新闻。可是我们不该忘记。大象的出走提示着我们，我们不可能单单保护大象这个种群，却使它失去栖息地，我们也不可能留下服饰，而失去生活和故事。城市与村寨相连，我们与大象相连。当城市向山林扩张，大象会出走，人们会出走。

在我走过的地方里，西双版纳有真正的多元，那是人们千年来的流徙，靠大山的偏远、谷底的褶皱、山路的艰险和梦一般的大雾，而形成勤劳温柔的傣族、会讲故事的哈尼族、会认蚂蚁窝为舅舅的基诺族……还有更多我未曾谋面的民族与村寨。在现代化高歌猛进的时候，他们被视为落后的存在。只有当现代生活越来越单一而紧绷、遭遇自身危机的时候，那些古老而多样的智慧才会再次被人们看到。希望那时，一切都还不会太迟。

"你来的时候，其实不是最好的季节，"朋友说，"很快版纳要进入吃花的季节了。"很多花都是可以吃的，事实上已经有人蹲在路边捡起落花，放进塑料袋里了。

"下次再来吃花吧！"这是来自西双版纳的邀请。

III 诗 歌

273　到时候再说

刘天昭

289　修复之年

余幼幼

到时候再说

撰文　刘天昭

雨夜即事

偏是洪水天小孩急性肠炎
偏是这天晚上从医院回来
垃圾处理器的遥控开关坏了
竟然仍旧送来的新睡袋太薄了
退货但是没有快递接单，显然
要回东北的火车票改不了了
要不要退了改天坐飞机——
他不停地喊妈妈，一声赶一声
妈妈呀，妈妈呀，没有下文
我想起我爸爸。我上嘴唇起了
一层干吧皮儿，随我妈
她有一年难受得用剪刀去剪
我还差得远呢，但是她准会说
我像你这个岁数哪有啊，可没有
我一边想着这些，一边不停地
用下牙去刮上嘴唇，一边瞎编
挖掘机的故事，得有十几个了
他还是喊，妈妈呀，妈妈呀——

我拍着他的屁股,说,哎,哎

我听见雨声大作,我想等他睡着了

把我留给雨夜,该有多好啊。

这下总算配得上一个雨夜,了吧。

2023/8/1

出租车带我经过我从未去过的街区

出租车带我经过我从未去过的街区
那些窗口让我觉得我从未生活过
而我深信窗里的每个人也都这么想
原来生活来自文学。或者说文学
基底于生活如同数学基底于物理世界
原因不明,并且包含奇异的跳跃

2023/7/27

史多比亲子乐园

史多比亲子乐园在广东省揭西县棉湖镇
方位不明,显然不是镇中心,几乎废弃
的三层楼,露出曾经与人共享的黑灰的山墙
和豁口后面大片荒草,堆积着建筑垃圾
我跟小孩从喧闹的烟味包间出来,穿过堆叠着
穿着肮脏黄绸裙子的餐椅的走廊,和正在搭建
舞台的没开空调的大厅,打开大众点评
史多比亲子乐园距离923米。空调竟然十分强劲
彩石沙坑,海洋球池,超市与消防站一应俱全
然而灯光灰蓝,只有一个年轻女人正在擦地
她三四岁的儿子,无端奔跑,大声给自己助兴
我躺了一会儿,看着天棚上裸露的管线,想到
如果发生火灾。当然刚在门口扑面而来就是
一篇小说。要怎么形容此时此刻我出现在此地
这种心情?好像一道诱人的谜题,答案就在
空气中。一个记者朋友在采访地写过一句诗:
何以孤军深入至此。快二十年了,有时候在家
也会想起——总是觉得恍惚。快二十年了

这一次我发现自己并不感慨孤单，也不觉得深入。
对深入的想象基于对世界坚实的信念。现在显然
没有了。我想为什么我需要一篇小说，一句诗
来面对生命活动的无秩序——想起早晨看见新闻
说米兰·昆德拉死了。文学本身归根结底
是否涉嫌伪造意义。而人类这个物种好像已经
在伪造得越来越繁密的世界中更新了自己的欲望。
我有时分不清意识，做作，和刻奇，而且可能
也已经丧失了，对与此相对的客观真实，的信念。
然而死亡总是真实的。那么活着，此刻，也是吧。

2023/7/16

窗景

吃过晚饭,天空依然明亮如同午后
城市密匝匝的楼梢穿过时间的云层
向着不可计量不能锚定的自由敞开
我编造自己的故事碎了我谁都不是
具体的忙碌并不能让人扎根于任何
真实,有限的独处溶解于一片虚空
冬天这个时候会有几千只乌鸦飞过
它们扇动翅膀正如同我活着,那时
天穹奇异地闭合宛如梦的无法撞击
的边界,宛如等待着,夏日无情的
无限,无情的天堂,没有再次醒来

2023/7/5

到时候再说

想起十月可能有一件无关紧要的事
心里忽然抓紧了,想要提前解决掉
好像有一个本来可以调节渗透的膜
彻底漏了。更脆弱的是,这个比喻一出来
脑子里好像,几乎是真的,就出现了
这样的结构。几乎已经那样了,一片
虚空,语言立即建构,幻象最为生动
并且几乎长久,后果如同涟漪,没有阻尼
没有尽头。几乎已经是纯粹的意志
在脑宇宙中,念头一动都不该动
总是乱动。也可以跳出来,想到可能是
跋涉到了,惊恐纤细的地方,人性花园里
荒芜的井底。还能不能遇见时间里的友人
还能不能柳暗花明,会不会也在一念之间
几乎已经是纯粹的意志,怎么完全不自由

2023/7/1

私心

坐在窗台上教小孩认识乌云
雷,和闪电。等待中难免起了私心
也许是想要挂在他的记忆里
也许是想要进入他未来的雨天
都差不多,也可以说是想要陪伴
总之没顾上他想不想要,我的妄想
缥缈地生起,立即被察觉,并且
被原谅,当我想到这一切都是因为
乌云,雷,和闪电,还有深绿
还有潮气和尘土味,还有忽然的古老
的喜悦,在我们同样短暂的人生中
同样的不会改变,永远不变。

2023/4/28

现在

四十多岁才见到橡树
春天里它比别的新绿更新
更绿,像我小小的新知
在沙尘里闪耀。打开书
都是过去。连人性
都会过时的。手机上总是
未来,不安要多大有多大
把现在塞满,挤净。我心里
有一块白色,不能读取
不会反应。乏味而稳定。
那是死出来的一块东西。
从此可以让荒唐、
也就是自己不信的事
浮皮潦草地发生,过去未来
浮皮潦草地,流过

2023/4/15

买股票
——给我的股神朋友

我想试一次买股票,在无限的
不确定中试一次算力,当然是我的
算力的极限,是的观察并且摆放人性
我想写一本书就叫《买股票》
你是不是一听就觉得我买不好了
不是的写一本《买股票》和买股票
是同一件事。当然最后取决于运气
让我们暂且忘记钱。算力的沉重
需要无底的深渊,无底的深渊承托
观测不能用尽宇宙,尽管放纵
——你可以说放纵理性,是的一层一层
一网一网,我想试一下用高维意识
模拟直觉,当然一切的出发与终结
都还只能是直觉,但是我的直觉太多了
而且混乱。啊说到这里我不禁想到你
懒惰的,稳定而准确。我的直觉太多了
而且混乱,简直伤心啊,那一定是因为

我有太多的情感，太多的情感需要安抚
那一定是因为，那一定是因为我早已破碎
从来没有整体过也许，除了这最外面一层
薄薄的诉说，在无限小与零之间，容纳边界

2023/4/7

美好的烟雾

半年以来,历史之雾越来越浓
又怕看清了,走出一个庞然怪物
有信念的朋友已经看见了
我反反正正地怀疑,总能容下侥幸
现在也是无论如何都不敢了
但是竟然在恐惧的旋涡中心露出
不仅是秩序,甚至还有醇厚的
光影确定的滋味。几乎是陶醉的,
几乎是享受的 —— 令人不安。
如果人心的深处渴望的不仅是正义
历史凭什么?不敢想下去。只能停在
表面上诚实,是的不论什么事
连在厨房做饭都像,朋友聊天
就更像,聚会上如果有酒那现场
就直接坍缩为可观看 —— 是的像极了
简直就是,从前看过的,并不存在的
电影。不必是东欧的。不必是战前。
对上一次堕落与崩塌的讨论

构成了美好年代主要的精神娱乐
也许当时的情况复杂得多，也许
根本没有什么美好年代 —— 远远
谈不上吧！但是现在想起来
那时候那些层层堆叠的幻影
不停息的想象与代入，对生命
之轻的抱怨与对抱怨的反省和克制
所有这些都像是等待，中的游戏
只是不知道，到来的东西如此
丑陋。受辱的感觉是确定的
甚至是简单的。我真怀念虚无
自由的弥散，美好的烟雾。

2022/11/21

笼中

小孩的书向他们介绍世界

跟真的差不多,又像是传说

有时候忽然感到是作者自娱

火车在绚烂的秋山里穿过隧道

夕阳映照城市的楼群,有一支乐队

在屋顶上。让人渴望的,变成

让人眷恋的 —— 甚至还没有过

就算是有过了。我已回到笼中。

曾经对世界的那种感觉,美好的,

完整的,确信的,真实的

幻觉,偶尔在心头恍过

证明我和世界都已经破碎

被咀嚼过了。混乱而模糊

作为一小片世界,停放于

无意义,但是牢固的边界之中

2022/10/7

修复之年

撰文 余幼幼

悬念

我们在入睡前
锻炼出清醒和焦灼
战胜同情心,捧着去世的一天
分食剩下的遗骸

房间昏迷,复制几份
相同的月光,用来抵挡无眠的惨白
在尚未到达日期交界处
滑向一种神秘的悲哀

战胜上进心
——试图与努力共谋的身躯
与时间裂缝
摩擦出广泛的悬念
战胜自己,放慢语速
以一无所知
去和空气反复交谈

在问题中找问题

在光洁平滑的问题表面

所有事情都呈现

环绕运动模式

不触及本质

自来水击中弧形锅底

立刻变成两股

向左右弯曲分流

用这样的时刻

去理解平庸

只清洗餐具或许

还不太够

再做些有限空间内

的其他事务

拖地、除尘、叠衣服……

最终以

懒惰失败告终

照此

循环往复

所有词

所有词都是中性的
包括污言秽语
以及掷入水底后的
喑哑、杳无讯息

所有词都要在舌苔上受孕
等待降生
在失语中变得成熟
经历禁止、删除、篡改
叛乱、纠正、围攻

所有词都要去流亡
但不是所有都能归来

在一个词中装入更多的形容
形容它有多好多坏
都不是
而是形容它多么渴望

被讲出来

直截了当如同一颗子弹

准确地击中要害

去索要答案

和粉饰者的性命

轨道

有那么几分钟

气氛在一个苹果外部

严肃起来

我们并排坐着

窗户完全向

宇宙敞开

某颗恒星之光

被吸引到

刀刃上

将其打磨锋利

我削皮

苹果在自转

血绕着食指公转

你目光避开

苹果在递向你的途中

留下

一条空轨道

彼得·汉德克

彼得·汉德克出现在银幕上
九十分钟的镜头运动
是不同时代对不同地点的占据
亦如片刻的静止只能在运动中感知

屋外是消耗了几个世纪的风景
一片森林包围着世界的可怜
他坐在床榻上诵读
声音从未来流向过去
环绕成没过头顶的沼泽

黑暗虽不连续,却很漂亮
它是无需显影液的相片
或忧虑之人才懂得的道理
让见证者双眼失焦
为亲历者设置贯穿一生的困境

蘑菇、针线、铅笔、女儿

对他来说均是派生词

晚年,他手握这些破除冒犯

的词汇,像握住钝器那般

在森林里种植森林

贯穿其中

一无所获的
周一下午
屁股陷在沙发里
当它抬离之时
像某块必然漂浮
的大陆
在海洋上
逐渐靠近一个
空白文档

起身去接水
玻璃杯发生了
折射的物理原理
一系列
或近或远的事情
包括它
含有的物质
正在进行分子运动

世界早就变了

这一秒跟上一秒

有何不同

原子、质子、中子、夸克

贯穿其中

比已知的复杂许多

空气

总有一片空气
异常安静
放置于你的唇和
他的唇之间

人与人并非能
亲密无间
至少都夹着空气

容忍某个无声时刻
来临,认出
这样一片空气

安静时像一种隔阂
沉默时
像一种感情

恒定

对一颗白矮星命名
只需要使用几十亿年
的最后几年
低光度与可见度都
让人确信
那是一种恒定的衰变

在恒定容量的器皿中
一千卡路里的饭菜
同样可以在胃中营造
一道光芒
将生命照耀至死去

超出死亡的部分
是恒定的想象
我因不具备这般想象
而暂时苟活,又因
会具备这般想象
而产生怀疑

分裂

很久了,房子住在
我的体内,被一层概念
笼罩着
万事都需提前准备
椅子要生锈,马桶要堵塞
人要变心,牙刷毛
要往靠近龋齿的一边
倾斜

各种物件被移至镜中
构成一段相反生活

很久了,一旦照镜子
我就开始分裂
地基摇晃
爱谁,也不能稳固

既然真实和虚像

难以辨别

倒不如种树、养花

遮挡视线

发生在听觉神经上的偶然事件

口气、语调、音量

落到平整的白纸上面

白纸很白

词溢出光泽

挤出水分

承载过往船只

船底泛起任何风浪

均视为一种

自然现象

修复之年

梦抬高三米的夜晚
是不眠的
与天花板对视,得到一块
水泥的天空
傍晚的人说云是水果味的
天黑就变了卦,改说
一切含糖的物质
均已获得败坏的先机

而那暗中观察的世界
已发生改变
奴隶在修复奴隶主
谬论在修复真理
战争在修复边境线
炮弹在修复弹坑

我,即使无用
也不停修复着记忆

对头颅的攻击

上皮组织的健忘

潜意识退回小行星

冲撞地球的那天

猫作为救世主

死了八次

仅剩最后一次

与人类同归于尽

温柔的女性也只此一次

落入俗套

把自己变成政治的妻女

或一具爆裂的躯体

宣称身份的归属

爱占领的虚空

飘散在呼吸的边缘

他们走了,且从未降临
椅子在摇晃,床铺在折叠
泪的形状于抽象中凝结
撑起一片海的面积

酒精,只此一次
伪装成白开水的样子
摆脱清醒
去换取生理上的恶心

而被时间操纵的呕吐物
能否
找到精神的故乡?
被呕吐物扼住的喉咙
能否
渡过尚未确认的危机?

诗歌 ||| 修复之年

他们已面向过去

我还未成为其中一员

酩酊大醉的队伍

长得像一列

即将解体的火车

铁路遍布周身

代替血管输送各种主义

用以区分生命的不同

把匕首作为干粮

他们边流血边充饥

向前行驶的同时纷纷掉队

逃往心脏的同时

停止心跳

天亮之前

天亮之前

歌声隐于喉咙

月亮隐于脚后跟

我们走过之处

安静且暗淡

苦闷的造句者

将一行又一行诗篇

缝在身上

我们穿着松垮的皮肤

盲目行进

在彼此身上寻觅

可以被诵读的部分

影子也全都站立起来

组成另一支队伍

与我们经过夜晚时的队伍

仿佛是同一支

而尚未跨入白天的人们

又是谁的影子

逃逸

你的爱人是否
已长成悲观的动物
就像你爱她时
眼中的绝望
没了人形
散架的骨头堆起来
和你一样高

不知她是否也在
逃逸的途中
调转方向
用自己的脚印覆盖
你的脚印

奔向消亡的过去或
一颗星球的最后时日
你和你的爱人
在更多绝望的眼中
等待出生

写信

有人送来了酒
有人点了一支烟
有人在写信
坚果倒立在桌上

信纸铺成床单
让雨水平躺
冷空气在喉咙里
置换了体温
聚成一艘白船
开往昨夜的码头

用情之事
沉没了又沉没
翻越胸口的礁石
率先找到一个冒号
而始终找不到一个句号

祝愿

新的一年,发现他人的优点

给予真心的赞美。早睡早起

在牢固的关系上涂抹漂亮的油漆

红的、绿的、蓝的,亚光

而不至于晃眼,冬天

就要交出体内的寒冷,从羊毛衫里

筛落下降的水银

中肯地评价孤独的对称性,恨

也有它的历史,理解

一些人的苦衷,并用圆规画出来

不贬低酒与它包含的伤心

走一条路去塔子山公园,再走

另一条路去塔子山公园,踩

脚底不重复的污垢,遇见

一个卖烤红薯的大爷

消费六元钱,回家

读一本没写完的小说

人与人并非能
亲密无间
至少都夹着空气

余幼幼

▢ COMMENTARY

003 Chantal Akerman's Variations on Space and Time

Qu Rui

031 The Moon Tonight Is Beautiful—
On East Asian Narrative Traditions

Qian Jianan

049 Mizumaru

Mo Yin

085 The Clock Stops: On the Romance behind
Eileen Chang's "Sealed Off"

Zhang Chang

⊗ FICTION

111 Father Andrea

Pearl S. Buck

129 Stray

Jeremy Tiang

141 A Thirst for Tears

Kuai Lehao

165	Mold	
		Yan Yue
189	Sisters	
		Li Liuyang

✛ ART

207	Notes of the Hollow
	Zhang Wenxin

≋ ESSAY

227	Xishuangbanna Journal: Where I Stand Is My Home
	Guo Yujie

||| POETRY

273	We'll Decide Then
	Liu Tianzhao
289	The Year of Restoration
	Yu Youyou

撰稿人

瞿瑞，1992年生于新疆，从事过电影编剧、图书编辑等工作。现自由职业，写作诗歌、剧本、文学及电影评论。

钱佳楠，中英双语写作者，译者，出版有《有些未来我不想去》《不吃鸡蛋的人》等作品，曾获欧·亨利奖（O. Henry Award），台湾"时报文学奖"短篇小说评审奖等，现为南加州大学文学与创意写作博士候选人。

默音，小说作者，日本文学译者。已出版小说《甲马》《星在深渊中》《一字六十春》等。译有《真幌站前多田便利屋》《京都的正常体温》《青梅竹马》《日日杂记》等。

张敞，作家、编剧、文艺评论家。

赛珍珠（Pearl S. Buck），美国作家、翻译家。1892年6月26日出生于美国西弗吉尼亚州。其代表作《大地》（*The Good Earth*）于1932年获普利策小说奖，亦被改编为同名电影；1938年荣获诺贝尔文学奖，她是第一位获此奖项的美国女作家。

范布心，墨西哥新莱昂自治大学教师，曾居欧洲、北美，游历世界六十多个国家。精通中英西三语，多次参与组织各国文化活动，从事翻译工作十余年。译有《出售幻觉》《流亡者的梦》等。

程异（Jeremy Tiang），新加坡译者、编剧、小说家，现居纽约。2022年普林斯顿大学驻校翻译家,2022年国际布克奖(International Booker Prize)评委,2018年凭英文长篇小说《紧急状态》(State of Emergency)获得新加坡文学奖,2016年凭短篇小说集《国庆日从不下雨》(It Never Rains on National Day)入围新加坡文学奖决选。同时,他积极投入文学翻译,译过三十多本中文著作,包括英培安、海凡、张悦然、双雪涛、颜歌、刘心武和骆以军等人的小说。与卡维塔·巴诺特(Kavita Bhanot)博士合作编辑《暴力现象:关于翻译的21篇论文》(Violent Phenomena: 21 Essays on Translation)。剧作包括双语剧《Salesman之死》,及英语剧《红楼梦》(A Dream of Red Pavilions,改编自曹雪芹小说作品)和《莱姆豪斯的最后日子》(The Last Days of Limehouse),也曾翻译魏于嘉、沈琬婷、陈思安等编剧的剧本。个人网站www.JeremyTiang.com。

谢晓虹,香港作家,香港中文大学中国语言及文学系哲学博士,现为香港浸会大学人文及创作系副教授。《字花》发起人之一,《方圆》学术委员。出版有《好黑》《无遮鬼》《雪与影》等。于2005年获香港中文文学双年奖,2015年入围美国罗切斯特大学最佳翻译小说奖,2021年入围台北国际书展大奖,2022年获第十六届香港艺术发展奖艺术家年奖。

蒯乐昊,资深媒体人,《南方人物周刊》总主笔,亦从事文学翻译,编有游记集《神的孩子都旅行》,译作有朱利安·巴恩斯《亚瑟与乔治》、约瑟芬·铁伊《时间的女儿》《歌唱的沙》、杰奎琳·苏珊《迷魂谷》等多部作品。2020年9月出版首部短篇小说集《时间的仆人》。

颜悦,脱口秀演员、编剧,笑女,头围65厘米,已上演戏剧作品《双胞胎教教义》,自幼受黑色幽默文学创伤,正拼命写第一本小说。

李柳杨,90后,诗人、小说家、摄影师、模特。幼时学习过音乐、民族舞蹈和油画,作品入选多种杂志及重要的选本,拿过一些不太知名的摄影奖、诗歌奖。部分诗歌被翻译成德语、韩语、西班牙语、英语发表在海外,曾受邀参加佛莱多尼亚国际诗歌节,曾在《诗潮》开设年轻人专栏。出版小说集《对着天空散漫射击》《没有玫瑰的街道》,写真集《漫游太空:李柳杨写真集》。

张文心，1989年出生，于加州艺术学院获得纯艺术硕士学位（2013），现工作、生活于杭州。张文心将自己视为地形建构师，她的工作不是去再现风景和奇观，而是以综合媒介的形式描绘人类及非人心智。她以图像、装置、写作，以及音景作为工具，制造以过程为导向的知觉体验，并常常以作品引导观看者从日常的平面上掉落，在阈限时空中进入对时间和超验的冥思。

郭玉洁，媒体人，专栏作家。北京大学中文系毕业，先后任《财经》记者、编辑，《生活》《单向街》(后更名为《单读》)主编，《Lens》主笔，路透中文网、纽约时报中文网、彭博商业周刊专栏作家，《界面·正午》联合创始人，《正午故事》主笔。2011年前往台湾东华大学攻读创意写作学位。著有非虚构作品合集《众声》。

刘天昭，女，1977年出生于吉林省。自由作家，已出版散文集《出神》《毫无必要的热情》两种，小说《无中生有》，诗集《竟然是真的》。

余幼幼，青年诗人，1990年12月生于四川，2004年开始诗歌创作。出版诗集《7年》《我为诱饵》《不能的人》《半个人》《猫是一朵云》《擦身》，英译诗集《我空出来的身体》(*My Tenantless Body*)，短篇小说集《乌有猫》。

图书在版编目（CIP）数据

单读.36,走出我房间/吴琦主编. -- 上海：上海文艺出版社,2023（2024.5重印）
ISBN 978-7-5321-8894-9
Ⅰ.①单… Ⅱ.①吴… Ⅲ.①社会科学－文集 Ⅳ.①C53
中国国家版本馆CIP数据核字(2023)第223668号

发 行 人：	毕　胜
责任编辑：	肖海鸥
特约编辑：	何珊珊　刘　会　罗丹妮
书籍设计：	李政坷
内文制作：	李俊红　李政坷

书　　名：	单读.36,走出我房间
主　　编：	吴　琦
出　　版：	上海世纪出版集团　上海文艺出版社
地　　址：	上海市闵行区号景路159弄A座2楼　201101
发　　行：	上海文艺出版社发行中心
	上海市闵行区号景路159弄A座2楼206室　201101　www.ewen.co
印　　刷：	山东临沂新华印刷物流集团有限责任公司
开　　本：	1092×787 1/32
印　　张：	9.75
插　　页：	10
字　　数：	181,000
印　　次：	2023年12月第1版　2024年5月第2次印刷
Ｉ Ｓ Ｂ Ｎ：	978-7-5321-8894-9/I.7008
定　　价：	62.00元
告 读 者：	如发现本书有质量问题请与印刷厂质量科联系　T:0539-2925888